続 作歌相談室

来嶋靖生

現代短歌社新書

続　作歌相談室　目次

Ⅰ　短歌を詠む前に

新しい歌が詠みたい　8
歌は「こころ」　11
粘りこそ才能　13
批評に迷うな　16
推敲と添削　19
グループに入るべきか　24
歌のなかま　27
歌をひろげる　29

Ⅱ　何を詠むか

亡き夫を詠む　34
亡き子を詠む　37
介護の歌　39
戦争をどう詠むか　44
自然をどう詠むか　49
花を詠みたい　54
恋の歌は自由　56
わかるわからない（1）　61
わかるわからない（2）　66
歌をいつ詠むか　69

Ⅲ　現場に立って

「我」から「われ」へ　74
古語の生命力　78
形容詞のこと　81
ごとし・ように　84
結句の連用形　87
引用のかな表記　90
とふ・てふ・ちふ　93
地名・人名　95
オノマトペ　98
六十路三十路　101
一字あけの是非　103
題詠の効用　106
「散文的」とは　108
文語と口語（1）　111
文語と口語（2）　114
本歌取り　117
文法をどう学ぶか（1）　120
文法をどう学ぶか（2）　123

Ⅳ　歌を深める
『万葉集』の読み方　128
古典和歌のすすめ　130
百人一首は？　134
歌合せとは　137
短歌と俳句　140
月の異称　144
縁語とは　147
声に出して読むとき　149
音読できない歌　152

Ⅴ　歌をまとめる
歌集を作りたい（1）　158
歌集を作りたい（2）　161
遺歌集を作りたい　165
作品をまとめるには　168
歌の整理のしかた（1）　170
歌の整理のしかた（2）　173

あとがき　177

Ⅰ　短歌を詠む前に

新しい歌が詠みたい

地域の人たちと月に一度集まって短歌を語り合っています。先生がいるわけではなく、どんぐりの背比べなのですが、先日ある一人が「私たちの歌は古いらしいわよ。本屋さんの店頭に出てる短歌雑誌なんか見ると歌が違うみたい。これじゃだめなんじゃない?」というのです。新しい歌を詠むにはどうすればよいのでしょうか。

(N・N　岩手県　63歳　女性)

答を記す前に確かめておきたいことがあります。

まずあなたはどういう歌が良い歌だと思っておられますか。つまり新しい歌が好きなのはよいとして、古い歌はダメだと思っておられますか。そこを確かめておきたいのです。

私は新しい歌でも古い歌でも、佳い歌は佳い、ダメな歌は、新しくても古くてもダメ、と思っております。ということは、新しいか古いかは話の種にはなりますが、歌の評価はそれだけで決まるわけではない、ということが言いたいのです。

ですから、新しいから佳い、とは言えないように、古いからダメだ、とも言えないのです。ここが文芸の（短歌の）おもしろい、というか、奥の深いところなのです。

「この味がいいね」と君が言ったから七月六日はサラダ記念日　　俵　万智

誰でも知っている有名な歌です。この歌、短歌の歴史始まって以来と言ってもよいほど多くの人の反響があり、まさに短歌の世界に新風が巻き起こりました。しかし誰も彼もが褒めたわけではありません。私が経験したことですが、ある地方都市の短歌会では、こんなのは短歌とは言えないと、すこぶる不評でした。その会の人たちは今まで学んできた短歌及びその詠み方とは違う短歌が理解できなかったのです。どちらが正しいとか間違っているということではありません。これが現実です。

これからご質問の答に入ります。あなたが新しい歌を詠みたい、という気持ちになられたのは良いことで、どうか努力して新しい歌をお詠みになってください。しかしここからが問題です。新しい歌とはどういう歌なのでしょうか。あなたの思っておられる「新しい歌」を見なければ、これ以上、私は答えることができません。

何をもって新しい歌というのか。そこが第一歩です。少しヒントを言います。例えば使われている言葉。いままで多くみられた歌の言葉との違い。古い例を見ましょう。『万葉集』の恋の歌です。

あしひきの山のしづくに妹《いも》待つとわれ立ち濡れぬ山のしづくに　大津皇子

説明するまでもありません。しかし今は余程の意図がない限り、「あしひきの」のような枕詞を使う人は少ない。また「待つと」や「濡れぬ」は文語的な表現で、若い人には馴染みにくい言い方です。つまり「古い歌」なのですが、しかし奥行きのあるすぐれた歌だと私は思っております。

泣きながらあなたを洗うゆめをみた触角のない蝶に追われて　東　直子

現代の歌です。若い読者にはこの歌のほうが好まれるかも知れません。しかし下の句は理解できる人と、疑問をもつ人とに分かれるかと思います。初めのご質問に立ち返って「新しい歌」

ということになれば、この歌は新しい歌です。そして、この歌は新世代による新しい恋の歌と言って良いと思います。しかし注意したいのは、私が「佳い」というのは新しいというだけが理由ではありません。そこをどうかよくお考え頂きたい。

歌は「こころ」

先日、友人と紅葉狩に行きました。素晴らしい紅葉で、帰ってから「登り着き峠に立ちて振り向けば全山はいま赤の一色」という歌を詠み、歌会に出しましたら、同行した友人は「これは嘘だ。黄色もあったし、緑の樹も見えた。嘘はいけない」と言うのです。確かに黄葉もありましたけれど、その時私には山全体が赤に見えたのです。いけないのでしょうか。

（神奈川県　K・K　58歳　女性）

対象を出来るだけ正確に描く、というのは歌を詠む上での基本です。先人が「写生」といい「写実」といったのも、その線にそった言葉です。見たもの、聞いたもの、感じたことをありのままに言葉で表現する、その苦心や努力の実態はさまざまに伝えられています。

しかし短歌は短い詩型です。正確に描くと言ってもすべてを言い尽くすことはできません。何を言葉にするか、何を言葉にしないか、そこに作歌の苦しみがあり、喜びがあるのです。見えるものを何でも写そうというのは無理なこと。写すことに限れば、短歌は写真や絵画の力に遠く及びません。が、短歌は対象を選択する力があります。写生とか写実と言いますが、短歌は写すのが目的ではありません。短歌が描くのは「こころ」です。見たもの聞いたものは「こころ」を表現するための素材、一つの材料に過ぎないのです。どんなに精密にものを描いても、「こころ」のない言葉は短歌としては程度の低いものです。

短歌の技法として時に「誇張と省略」ということが言われます。「こころ」を言うために必要ならば小さいものを大きく言ったりすることもあり、逆に「こころ」を言うのに必要ないものは何によらずカットしてしまうこともあり得ます。

ご質問の「全山はいま赤の一色」は誇張表現の一つです。実景を私は見ていませんから断定はできません。が、実際に景色の中に黄葉や緑の樹があったとしても、歌として作者の心眼に赤一色と映り、そこを表現したいのであるのなら、そのように言い表わすことは認めてよい、と私は思います。もちろん紅葉の赤の程度にもよりますが。

有名な言葉ですが、近松門左衛門に「芸といふものは、実《じつ》と虚《きょ》との皮膜《ひまく》の間《あひだ》にあるものなり」

があります。そして「生身《いきみ》を直《すぐ》にうつしては、興のさめてほろぎたなく」なると戒めています。事実そのものでなくても、「芸の真」があればそれを採用するということです。だからといって事実を離れて勝手放題の表現をしてよいとは言えません。奇を衒う誇張や省略はむしろ卑しい態度となり、作品の品位を落とす結果になりましょう。

虚実皮膜とはいうものの、表現の上で、事実の重みは常に厳然として存在します。根拠のない絵そらごとは歌の域に達しないこと、言うまでもありません。眼のある人には即座に見抜かれてしまいます。

虚の表現、例えば一見派手な誇張表現などに執着して歌の核心、つまり「こころ」を無視したり、反対に些末な事実に拘わり過ぎてこれまた歌の「こころ」を見失なってはなりません。短歌は抒情詩である、ということを忘れないように気を付けましょう。近年、「こころ」を顧みない歌が多くなっているのではないか、とひそかに私は案じています。

粘りこそ才能

遠くに住む旧友が自作の短歌を手紙に添えて時々見せてくれます。楽しいよ、あなたも始めれば？　と勧められて始めました。でも人に見せるのは恥ずかしいので、家で取っている新聞や書店で見かけた雑誌を買ってその短歌欄に投稿しているのですが、何回挑戦しても一度も採ってもらえません。私には才能がないのかも。やめてしまおうか、でも折角始めたのだからもう少し続けようか、と悩んでいます。どう考えたらいいのでしょうか。

（東京都　N・N　60歳　女性）

あなたの歌がどういう歌か、それを見なければ正確なことは言えません。察しられる範囲で考えられるヒントを申します。

まず自分で才能があるとかないとか考えないこと。才能のあるなしは自分できめられるものではありません。「才能とは、どこまで粘れるか」ということだと言った歌人がいます。途中でやめてしまう人は、そこまでしか才能がなかったということです。これは一つの意見ですが、考えてよいことです。いま日本にはあなたと同じように佳い歌を詠もうと志して苦労し、励んでいる人が何千何万といるのです。投稿すれば必ず雑誌などに掲載されるとは限りません。創作はそう気楽なものではありません。そのために選者がいるのです。多くの読者が読んで納得できる歌でなければ、誌面には載りません。それは当然のことです。何回落選してもダメな歌はダメ、しかし、そこからが粘りのみせどころです。

次に、あなたはなぜ歌を詠むのか落ち着いて考えてみましょう。新聞雑誌に自作が載るのが目的ですか？　立ち止まって考えて下さい。

誰でも自分の歌が一首でもできると嬉しいものです。嬉しくて誰かにみせたくなる。これはごく素直な気持ちです。見せると今度は、たまには褒めてもらいたくなる。これも人情です。そこで新聞や雑誌に投稿したくなる。自分の歌が活字に組まれ、多くの読者の眼に触れる。その喜びは理解できます。多くの人がそこから出発しています。私にもそれに近い経験があります。

がそこからが難しい。人から褒められること、新聞雑誌の選に入ること、その喜びに浸って、いつのまにかそれが歌を詠む目的になってしまう人がいます。いろいろな短歌大会やコンクールに入賞することが最大の名誉と思いこんでしまう。もちろんそれはそれで立派なことには違いない。だがここで思い直して頂きたいのは、短歌は、また創作というものは、そういう小さな、狭いものではない、ということです。

短歌が千年以上の歴史を生きて今日に至ったのは、短い言葉で言えるような簡単なことではありません。そこには歴史に残る名作を詠んだ多くの大歌人もいれば、年に一首の歌を詠んで、それでよしとする無名の民もたくさんいるのです。短歌は日本人の歴史とともに続いてきた国民の財産です。あなたの歌はその流れの上にあるのです。

自分に才能があるかないかとか、新聞雑誌に自作が載るかどうかとかは、短歌全体から見れば小さな小さなことに過ぎません。いまのあなたにはすぐに理解していただけないかもしれませんが、あなたの前には広くはてしれぬ短歌の大海がひろがっているのです、目の前の小さなことに捉われず、一首一首の歌を丁寧に詠みながら、焦らず、ゆっくりと短歌の大海に進んで行ってください。今は幼い歌でも、やがて誰か、目のある人があなたの歌の魅力に気づくことでしょう。粘りこそ才能です。

批評に迷うな

地区の短歌会に出ていますが、時々不安になることがあります。ある市販の短歌雑誌で歌の批評として点数をつけている例を見ました。独創性何点、音楽性何点、市場性何点など。また別の雑誌では作者ごとに何点と持ち点が記されています。私は若い頃、数字で評価できないのが芸術の価値だと教えられたことがありますが、今は時代が変わって歌の価

値を数字で評価するようになったのでしょうか。

（京都府　M・S　63歳　男性）

　創作の方法は作者の自由であると同様に、作品発表の方法も作者の自由です。そして鑑賞し批評をする人の立場や方法もそれぞれの自由です。ですからどんな歌が詠まれ、どんな批評が出てもそれはそれで当然のこと。已むを得ないことです。

　もちろん広く社会に公表するものであれば、常識として「公序良俗」に反しないという制約はあります。これはあくまで原則の話。原則では解決しないことが実際には数多く発生しています。

　そこでご質問ですが、作品の評価を数字で表現するのは、AさんならAさんという評者の批評表現の一つです。それはあくまでそれまでのこと。賛成の人もいれば反対の人もいるはずです。ですからそれがどこにでも通用する客観性のあるものとは言えません。どんなに新しい、また変わった批評であっても、それをどう読むかは読者の自由です。

　ですからある批評なり理論に対して、それを参考にするもよし、無視してもよいのです。繰り返しますが、点数つきの批評はあくまでその評者の意見です。歌壇やその雑誌の評価とはいえません。慌てたり迷ったりする必要は全くなし。

また作者の持ち点ということも、その雑誌の上での評価です。雑誌として応募者意欲を高めるための一手段に過ぎぬこと。気にする必要はありません。

さらに言えば、地区の歌会での経験でおわかりと思いますが、歌会での最高点が常に名歌とは限りません。歌会での高点歌には構成メンバー、地域、年齢などいろいろとその時その場の要件が重なります。

月の夜のベンチに本を読みをればヘーゲルの来てわが肩たたく

右の歌は大学生の多い歌会で高点を得た歌でした。が、この歌は、高齢者の多いホームでの歌会ではあまり人気がありませんでした。

一方ホームで好評だった次の歌は学生たちの多い会ではさして話題になりませんでした。少しわかりにくい歌ですね。

書き続け「敬具」と筆を収《をさ》めたる卒寿の君が命のひびき

ここに挙げた二首の歌は世代によって歌の見方や感じ方が違うという事実の資料として紹介しました。

おわかりのように歌の批評に「絶対」ということはありません。歌の見方や感じ方は一人一人違うものです。

しかしたまたま意見が一致することはあります。語り合ううちに、輪が広がり、力を合わせて何か発言の場を広げようとか、さらに多くの人々に語りかけようという動きになることがあります。世に多く存在する結社雑誌や同人誌は、それぞれの主張や考えをもとに生まれたもの。おおよそは、短歌について志を同じくする人たちの集まりということができます。

要するに批評は短歌を詠むのと同様、一人一人違って当然です。何より自分の考えをしっかり持つこと。見た目の新しさや流行、ムードなどに左右されないことが肝心です。

推敲と添削

ある歌会で私の歌をある先輩が添削して下さったのですが、どうも納得できません。お尋ねいたします。

・境内の落葉掃きいる巫女《みこ》と禰宜《ねぎ》三嶋大社の朝は清しき

添削は結句の「朝は清しき」を「清々しき朝」として下さったのですが、結句が八音になるので「清々し朝」ではいかがですか、とお聞きしたところ、「し」は終止形、「き」は連体形なのでこれでよい。これで「朝」に続く、とのことでした。しかし「清々しい」の文語は「清々し」です。なぜいけないのか、よくわからないのです。その後、「清しき朝」「朝は清しも」などいろいろ考えましたが納得できません。どうすればよいのでしょうか。

（東京都　A・I　77歳　女性）

まず添削は、原則を言えば、お願いした以上、添削者の意見には服従するのがルールです。しかしまれにご質問のようなことも起こります。そこが難しいところです。本当はあなたが最初に添削して下さった方とじっくり話し合われるのが望ましいのですが、それが困難なのでしょうか。

ですから私は、ここでは自分の意見は言いたくないのです。理由は右に記した通り、最初に添削された方と話し合われるのが筋です。しかし今回は例外として、本紙の読者のためにあえて意見を記します。繰り返しますが、これはあくまで参考意見です。

添削のポイントは、その添削が「作者の言いたいこと」にどれだけ添えているか、に尽きます。どんなに名文句や名表現でも、作者が使えないような難しい、または高級な？言葉では無意味です。添削は、原作者の力に添ったものであるべきです。また熱意のあまり、添削者が加筆しすぎて自分の歌のようにしてしまうこともないとは言えません。文法的に正しいか正しくないかはもちろん大事なことですが、それよりも、ここに作者の心がどれだけ生きているか、それが肝心です。

例歌の場合、要は結句です。作者は早朝の神社の静かな、森厳な空気を描きたかったのでしょう。とすると、文法的には正しくても「清々しき朝」は作者の心と離れているので採れません。かといって「清々し朝」で十分か、「朝は清しき」で良いか。ここからは人によって意見が分かれましょう。

ここで歌全体を読み直してください。下の句だけならば「三嶋大社の朝の清しさ」でよいのではないか。名詞止めです。つまり「朝」の雰囲気の説明よりも、作者は読者と一緒になって「清々しいなあ」と心のなかで感嘆する、そこがたいせつです。言外に「なんと清々しいのだろう！」という感動が響いてきます。左の例、あくまで試案です。

・境内の落葉を掃くは禰宜《ねぎ》と巫女《みこ》三嶋大社の朝の清しさ

念のために「朝は清しも」「朝は清しく」「清々し朝」などを入れて検討して下さい。落ち着きが違ってくる筈です。なおついでに言えば「巫女と禰宜」は順序を逆にするほうがよい。役職から言えば禰宜のほうが上。なぜ巫女が上なのか、神社に詳しい方は疑問に思うことでしょう。また「掃きいる」は文語とも口語ともつかぬ表現で手ぬるい、これらは歌全体を読み直してゆっくりお考え頂きたいところです。

ここで復習になりますが、添削と推敲について簡単に触れておきます。先ず「推敲」は書き上げた詩歌や文章を読み直し、欠点を補い正し、より良いものに仕上げて行く作業です。人によって推敲に時間や労力を存分にかける人もあれば、その逆の人もいます。昔から推敲についてのエピソードは数多く伝えられています。有名な例として斎藤茂吉の『あらたま』の「あらたま編輯手記」には自作の推敲過程ともいうべき改作の跡が記されています。

ぽつかりと朝日子《あさひこ》あかく東海《とうかい》の水《みづ》に生れてゐたりけるかも　（原作）

ゆらゆらと朝日子あかくひむがしの海《うみ》に生れてゐたりけるかも　（改作）

いちめんにふくらみ円《まろ》し粟《あは》ばたけ疾風《はやかぜ》とほる生一本《きいっぽん》のかぜ　（原作）

いちめんにふくらみ円《まろ》き粟畑《あははた》を潮《しほ》ふきあげし疾風《はやかぜ》とほる　（改作）

ひゆうひゆうと細篁《ほそたかむら》かたむけし風ゆきてなごりふかく澄みつも　（原作）
ひとむきに細篁をかたむけし寒《さむ》かぜのなごりふかくこもりつ　（改作）

茂吉の改作例を見ると、いまの私たちが見ても頷ける妥当な推敲と思われます。「東海の水」よりは「ひむがしの海」のほうが事実に近いし、「粟畠」の歌の下の句は改作のほうが正確で「生一本のかぜ」は観念的です。次の歌も改作されていっそうリアルに響いてきます。これは当時、歌壇に大きな影響を与え、その後何人もの歌人が自分の歌集の巻末などにこれに倣った改作例を記しています。

これに対し「添削」は詩歌や文章をよりよくするため古くから行われてきました。人により、また素材により、その態様はさまざまですが、詩歌の世界では添削は修練の慣例的な方法として今も続けられています。本来歌の推敲は自分で行うべきものですが、初心者の場合とか、第三者の意見を聞きたい、と言った場合に添削が行われる、ということもあります。

近年、添削について異論や批判が出ています。難しい議論はともかく、現場では直された歌を見て、自分の歌ではなくなった、とか自分の意図とは違う歌になってしまった、などという苦情は絶えません。よく言われることですが、添削は実作より難しいとか、大歌人必ずしも添削の名手ではないなど。それは確かに一面の真実を言い当てています。いろいろ論議は絶えませんが、やはり添削は、初心者の勉強の方法として根強い力を持っているのは事実です。

最後に、土屋文明の言葉をもって結びに替えます。

「添削は一般に言語や句法の末のことと思われている向きも尠《すくな》くないようであるが、前にも言ったように言葉は単に言葉ではなく、その奥のもの、すなわち作者の内面生活の表現であるから、言葉を直すことは生活そのものの批評であるという点をことに大切に見て添削を理解されるようにしたい。」

今回ここに採り上げたものは推敲と添削についての基本的なことのほんの一端ですが、作歌の基本として心得ておいて頂きたく、あえて記しました。

グループに入るべきか

私は長い間一人で短歌を詠んできました。「短歌新聞」や「短歌」が最上の友です。が、最近息子がパソコンを買ってくれて、その画面からいろいろな短歌の会や通信教育の場があることを知りました。そういうところに参加したほうがよいのかどうか迷っています。

ご教示ください。

（千葉県　Y・A　86歳　男性）

もとはと言えば、短歌は個人の感情から生まれ出るもの。昔から「個の思いを述べる」のが本来だと言われています。ですから一人で詠み、一人で学ぶ、そのままでもよいのです。しかし一般には、やはり師や先輩、仲間の意見を聞いて参考にする人が多い。これは誰しもすることで、むしろ情報量の多い現代では必要なことかもしれません。

しかし一方、他人の意見を聞くと自分の心に別の要素が入って自分本来の思いに変化が起きる、そういうおそれもないとは言えない。せっかく現状を良しとしているのだから雑音は入れたくない。今更、人の意見は聞かない方がよい、という考え方です。

これはそれぞれ、その人の環境や立場によって違ってきます。相手の気質や性格も様々でしょう。簡単には割り切れないのが普通です。文芸である以上、どちらがいい、と割り切れるものではありません。

グループ、つまり結社や団体にはいることの良さは、自分の気づいていないものの見方や感じ方を知ることができることです。もちろんそれに従うということではなく、他人の見方感じ方を知って参考にするということです。この長所は見聞や情報をゆたかにし、視界をひろめることで歌全般についての理解が深くなることが多い、ということです。しかし間口を広げるのは良いことばかりではありません。結社や団体によりますが、人間三人寄ると何とやら、意外なところで無用な付き合いが始まることもあります。義理で知らぬ人の歌集を買わされたり、出たくもない会に出なくてはならなかったり、反対の意見を押しつけられたり、煩わしい交際が絡んでくることもあります。事は「文芸」です。実利や名利を得ることが目的ではない、これをまず肝に銘じてお考え下さい。

一方、他人の意見に左右されずに、自分を大切にして詠んで行く、という考えの人もたくさんいます。これはその人によりますし、結社やグループなどにもそれぞれの主張や傾向がありますからどこでもよいというわけには行きません。もしインターネットや新聞雑誌などで関心をもったところがあれば、まず電話か葉書、メールなどで見本の雑誌を取り寄せてはいかがですか。短歌は「文芸」ですから、世間の買物のように、実際に「もの」を見ないで注文するのは危険です。

ここまで話が進むと、やはりあなたご自身の短歌への思いが何であるか、が問われることになります。結社やグループに入ろうと考えたのはなぜか。佳い歌が詠みたいから。当然です。それだけなら何の問題もありません。しかし現在はそれだけでは済まない時世です。よくある例ですが、有名になりたい、世間の注目を浴びたい、賞金を得たいなど、世俗の「欲」に歌を絡めて考える人も少なからずいます。

結社やグループを考えるなら、自分の眼で事を確かめ、信頼する先輩友人に相談してから事を進めても遅くはありません。短歌の雑誌やグループは日本中に何百とあります。繰り返しになりますが、組織や団体に入るのは決して悪いことではなく、考えてよいことですが、よいことばかりではありません。慎重に前後を見てから行動を起こしてください。

歌のなかま

短歌を作り始めて三年たちました。友人に誘われるままに同じ市内の短歌会に入りました。月に一度、十人くらいの人が集まり、互いの歌を見せ合って感想や批評を語り合うのですが、何となく物足りないのです。ある友人は雑誌や新聞に出ている結社に入れば、と勧めます。また別の友人は結社などに入ったら義理やしがらみに絡まれて、お金もかかるし、詠みたい歌も詠めなくなるわよ、一人で詠むのが気楽でいいわよというのです。どうしたら良いのでしょう。

（山形県　Ｋ・Ｏ　62歳　女性）

結社に入ると窮屈になる、という意見はもっともですが、反対に結社に入って良いことも少なからずあります。結社というのは、要するに短歌を詠もうとする人たちが集まって会を開いたり、雑誌を出したりする歌のなかま、グループや集団のことです。

今の短歌の世界は、明治時代から続いている「心の花」「潮音」「水甕」や第二次大戦後に生まれた「まひる野」「未来」「地中海」「コスモス」「かりん」「塔」など、多くの結社が存在し、それぞれに活動しています。

結社にはそれぞれの主張（文学観・短歌観）があり、歌の傾向も一つ一つ違います。どういう結社を選ぶかは、一重にその作者の考えによることになります。選択の基準はもちろん人さまざま、いろいろな人たちの言葉を拾ってみると、まず学校の先生や友人の紹介、同県出身の先輩、家族のすすめ、などさまざまです。

ではそこで何を学ぶか、そこが問題です。いろいろな例があります。短歌の見方、例えば良い歌とはどういう歌かを教えられた。また欠点はどんなところでわかるのか。歌の良し悪しの見分け方、など短歌の見方を言う人はかなりいます。それは当然のことですが、実はこれほどむずかしいことはないのです。

本来のことを言えば、歌人一人一人について、歌の見方は違うのが当然です。でもそこを語り合って共通する点や傾向があれば、互いに話し合ってグループを作ったり雑誌を纏めたりする。それが短歌に限らず、行われていることです。

要するに短歌の結社は歌人たちの集合体です。それは主要メンバーの文学観・短歌観の砦でもあり、また新人の養成教育機関でもあります。しかし一方、短歌を詠むのは作者個々の文学活動であり、多くの人を集めて事を起こすのは筋が違う。少人数であってこそ各作者の文学観は実現されるはずだ、などさまざまな意見があります。

しかしこういう議論はいわばたいへん高度な?議論で、右に述べたような、これから老後の楽しみとして短歌を詠もうという人にとっては多少ありがた迷惑な話かもしれません。歌のなかまに加わることのプラス・マイナスを、しっかり見極めてからお決め下さい。でも短歌は何百年も前から続いてきた日本の大事な詩である、ということは決して忘れてはならないことだと私は思います。

歌をひろげる

短歌を作りはじめて二年になります。地域の公民館の短歌会に出たのが始まりで、何度か出るうちにだんだん面白くなってきました。でもわからないこともたくさんあります。友人に相談したら「どこかの雑誌に入ったら?」というのです。雑誌というのは結社のことだと言われました。入ったほうがよいのでしょうか。もし入るなら、どこがよいのですか。ヒントをください。

（富山県　Y・K　71歳　女性）

こういう質問に対して、いままでは私はおよそ次のように答えていました。「いろいろ調べて、どこかあなたの気に入った結社にお入りなさい」と。しかし今回、これまで通り答えてよいかどうか、私自身悩んでいます。というのは、今、短歌の世界にはさまざまな変化があり、誰にでも通用するような共通性のある答が出しにくくなっています。

なぜ答えにくいか。まず私はあなたをよく知りません。仕事はもちろん、これまでどんな歌を詠んでこられたか、何も知りません。ですからあなたが結社のような大きな組織に向いているのか、同人誌のような小回りのきくグループのほうがよいのか、何とも答えようがないのです。

しかし折角ですから、手掛かりを記すことにします。まず本紙の結社広告をご覧ください。その中からご自身の歌に合いそうな雑誌を考える。例えば人数の多いところを選ぶか。作者の居住地に近い所にするか。できればその雑誌の人たちと顔を合わせて語り合えるような、距離が近いほうが望ましい。

また本紙に掲載されている諸歌人の作品をよく読んで、気に入った人の所属する雑誌を調べる。同様に調べて何人かの歌人の所属する雑誌を知るのもよいでしょう。このあたりが第一歩です。

おおよその目星がついたら、その雑誌または歌人にメールなり手紙なりでコンタクトする。「雑誌の見本をください」と記し、必要あれば切手を送る。雑誌によっては広告に金額まで書いてあるものもあります。できればいくつか複数の雑誌に送るほうが資料が多く得られ、判断しやすくなります。なかには会って話を聞こうという人もいるかも知れません。同様にして結社以外の雑誌の見本も取り寄せられます。自分と肌が合うかどうかはそう簡単にはわかりませんが、右、ヒントとして記しておきます。

なおこれまで多くの質問を受け、そのつど必要と思われる返事をしてきましたが、すべてがうまくいくとは限りません。勧められてある結社に入ったが、あまり愉快ではない、という人もいれば、非常に充実した日々を送っているという人もいます。よかったという人の例をいくつか挙げれば、①自分より力のある人の歌を身近に読める。「力」とは思想、感覚、表現技巧など。②自分の歌を批評してもらえる。もちろんすべてが良い批評ではない。自分にとって良いと思う批評だけ聞き入れればよいのです。どんな大家・先輩の意見であっても、不適切なことは聞く必要はありません。③勉強の仕方を学ぶ。その社内には何人もの経験者がいるはずです。そういう人たちに接するとそれぞれの勉強の方法を知り、ヒントが得られるかも知れません。例えば我武者羅に歌を詠む人、話題の歌集を何冊も読み続ける人、気に入った歌を書き写す人、など勉強の仕方は人さまざま。自分に合った、自分にできる方法で努力すればよいのです。

具体的な歌のないところでの話で、わかりにくいところもあったかも知れませんが、ご研鑽を祈ります。

Ⅱ　何を詠むか

亡き夫を詠む

亡くなった夫の若き日のことを歌に詠みたいのですが、夫のことを何と書くか、迷っています。どれがふさわしいでしょうか。お伺いいたします。「亡き夫、君、貴方、人」など。

（京都府　S・H　76歳　女性）

夫であれ妻であれ、亡くなった人を詠むのにきまりはありません。あなた自身の感情、あなたの詠みたい事柄、内容に従って選べばよいのです。

まずご質問の中に「亡き夫」とありますが、亡くなったことがはっきりしているならば一々「亡き」と断る必要はありません。「夫」であっても「君」であっても、歌に即してお決めください。亡き人に語りかけるような思いならば「君」がよい場合があります。具体的に歌をあげてみましょう。晶子の夫は寛、喜志子は牧水の妻です。

人の世に君帰らずば堪へがたしかかる日すでに三十五日　　与謝野晶子

君がみたま鎮まりいます古里の尾鈴の山の峯とがり見ゆ　若山喜志子
君の椅子その空白の背後より梅雨ながら出づおぼろなる月　草田照子

次に「夫」の例。光子は太田水穂の妻。英子は柊二の妻です。「君」よりも、やや客観的にことを述べる時に使われます。

何一つ不実の記憶なき夫が死後に残せり一つの恋文　四賀光子
脈乱れ脈細りゆく再入院の夫の足摑む救急車のなか　宮　英子

なお蛇足ながらこの二首はともに「夫」を「ツマ」と読ませています。これは古来使われている読み方で決して間違いではありません。が最近、ある会である歌人の「現在は「オット」と発音するほうがよいのではないか」という発言に接しました。なるほど「ツマ」を耳で聞けば夫か妻かわからないことも起こりそうです。直ちに決めなくてはならぬことではありませんが、考えてよい課題です。

もう一つ「人」あるいは何も人称を使わない例も見ておきましょう。

さし入りし初日のなかにしろぎぬの亡き骸《がら》すがし死に給ひしか　四賀光子

永遠の眠りは夢への通り路いのちをかけてくぐりぬけたり　三井ゆき

昔から挽歌の要諦として戒められていることに、情に流されないこと、溺れないこと、があります。その場合第二人称（例えば「貴方」）を安直に使うと甘くて鼻白む歌になりかねません。上に述べたように「君」「夫」あたりが穏当にまとまりやすいかも知れません。なお少ない例ですが夫から妻への歌の中に「汝《なれ》」があります。

さまざまの七十年すごしいまは見る最もうつくしき汝《なれ》を柩に　土屋文明

ここでは「なれ」とルビがふられています。

「な」と一音の場合もあり「いまし」と読ませることもあります。作者の名を見ると、ここでは「汝《なれ》」が適切だと思われますが、年少の読者には古風な印象を与えるかも知れません。でも伝統的な表現として心得ておいてよい言い方です。

要は作者の心です。言葉は心についてくるもの。そこが原点です。

亡き子を詠む

私の母は九十二歳ですが短歌が好きでいつも枕元に鉛筆と紙を置いて何か書いていています。でも歌の大半は戦時中の、特に空襲の思い出です。一歳に満たない赤児を空襲下で失なった悲しみを七十年経った今も繰り返し詠んでいます。ところが最近、孫たち（私の息子や娘）がおばあちゃんもう歌詠むのをやめれば、というのです。同じ戦争の歌ばかり詠んでも誰も喜ばないし、また戦争かと言われるだけ。おばあちゃんも高齢だし、疲れるだろうから、いっそ歌をやめれば、というのです。でも母にとっては大事な歌ですし、どうしたものでしょう。

（横浜市　S・M　68歳　女性）

貴重なお話を伺いました。結論から言えば、なるべく続けて歌をお詠みになる、という方向に私は賛成です。

九十歳を超える高齢でなお歌を詠まれること、それだけでもすばらしいことです。しかし身近におられる方々には、ここに書かれていない問題も何かとあるのではないかとお察し致します。一歳にも満たない赤ちゃんを失った悲しみは、何年経っても遂に消えることなく残っているのでしょう。詠むなというほうが無理だと思います。

いまさらいうまでもないことですが、戦時中の経験や記憶はできるだけ歌に詠み残して頂きたい。それは興味本位のことではなく、日本人がこれから生きてゆくために是非必要なものになるからです。これまで書けなかったこと、言わなかったことなどを詠み残す、それはこの時代を生きてきた人たちのなさねばならない、重大な仕事ではないかと私は思います。

もちろんこれだけの時間が経過していますから、誰でも記憶が薄れてゆくのは止むを得ません。記憶違いも出て来るでしょう。また同じことの繰り返しも多くなることでしょう。しかしそれを厭うことなく一首でも二首でも形にしておくことがたいせつです。

お孫さんたちも、たしかに聞き飽きたり、読み飽きた歌もあるでしょう。しかしここで機会を見て、これまでおばあちゃんの詠んでこられたたくさんの歌を読み直し、例えば分類したり、年代順に整理したりしたらいかがでしょう。よい読者になってあげるのです。

戦争で悲しい思いをした人は日本中にたくさんいます。おばあちゃんの歌を身内の方だけでなく、よその方々の歌と読み比べてみるのもよいかと思います。

また空襲かと簡単に退けないで、同じ悲しみを体験した人の歌と読み合わせることもおすすめします。その中にお孫さんたちの間に新しい読み方や見方が生まれてくるかも知れません。

子を背負ひ火中《ほなか》来る人用水に駈《か》け寄り水を背の子にあびす　都筑省吾

頭髪のやけうせしむくろがみどりごをいだきてころぶ日の照る道に　天久卓夫

すさまじき焔被《ほのほかぶ》りし椎《しひ》の木に鳴く朝鳥はさへぎりもなく　五味保義

焼け跡に掘りしラムネの玉ひとつ眠りゐる子の枕べにおく　蒲池正紀

これらはすべて昭和二十年の空襲から生み出された歌で、『昭和万葉集』巻六に収められています。

介護の歌

今の短歌界で最も多く詠まれているのは介護の歌だと聞きました。実際はどうなのか私は存じませんが、手元の雑誌や新聞を見ますと、確かに介護の歌は多く詠まれています。

私のところも九十歳の父と八十四歳の母がいます。一人が頭痛だと言えば、もう一人は腰が痛くて立てないなど、代わる代わる変調を言い、気の休まる間がありません。娘たちはそれらを歌に詠めば、と言うのですが、なかなか思うように出来ません。歌に詠むにはどういうことに気をつければ良いのでしょうか。

（神奈川県　Y・H　55歳　女性）

ご両親一緒の看病とはさぞ体の負担もあり、心労も多いこととお察しいたします。どうかご両親ともども、あなたも健康に留意して、大事にお過ごしください。

さて歌の詠み方ですが、介護の歌に特に難しい「きまり」があるわけではありません。最初は事実そのままを言葉に綴ればよいのです。しかし、多くの先輩方の言う通り、実は事実はそのまま歌の言葉にはならないのです。まず、どんなことでもよい。眼の前のことを言ってみてください。例えば、

・好物の烏賊《いか》の刺身は膳にあり父はなにゆえ箸とるとせぬ
・昨晩は笑みて食べいし父なるに今宵は箸をとろうともせず

どうしてお父さん食べないの？　という家族の心配。父が何と答えたか、熱でもあるのか、胃の調子がわるいのか、歌はこういうところから始まります。この歌の背後には「お父さんど

うしたのだろう」という家族の不安があります。そしてこの後、お父さんの気分はどうなったのだろう、と案じられます。しかし、ここから先がちょっと難しい。その原因や結果は無理にこの歌の中で言わなくてもよいのです。歌を詠みなれない方は、なぜ父は食べようとしなかったのか、説明したいに違いありません。でもそれはどうしてもこの歌で言わなくてはならぬことではないのです。このこと、あらためて説明します。

短歌は短い詩形です。作者が「えっ」と思ったその一点だけを言う。もちろん、他のことを言っても良いのですが、良い歌にはなりにくい。その場合は、次の歌のように別の歌にする。誌面や時間に余裕があれば複数の歌にすればよい。でも歌は先ず目の前の、一番大事なことから言う。それが肝心です。

車椅子に押されて向かふ手術室見送る妻に小さく手を振る　　金井　正
夜半覚めて廊に出づればぬばたまの闇にとけゆくナースの白衣

いよいよ手術室に入る直前の歌。全体に緊張感が感じられます。「見送る妻に小さく手を振る」の「小さく」が普通の表現ながらかえって緊張の裏付けになっています。歌い出しの「車椅子に」は正確には「車椅子に乗せられ」とか「車椅子もて」などとあるべきですが、文字の数の制約もありますし、昨今の世相ではこれでわかると言えましょうか。次の歌は作者の経験から生まれた歌。第三句に枕言葉「ぬばたまの」が使われています。病棟のまっ暗な状態をこのように表現したのはお手柄と言ってよいかと思います。もう少し例をあげてお話ししましょう。

遺志により簡潔に告別の儀はすすみ柩の蓋のひたと閉ざさる　廣瀬辰子

遺産相続叔父叔母つぎつぎ名乗り出づ遺言書などなきがごとくに　古山智子

手元の雑誌から二首借りました。どちらも相応の作歌経験のある人で、歌もしっかりしています。前の歌は身近な人の葬儀に際しての歌でしょうか。よくわかります。歌のポイントは結句で柩の蓋がひたと閉ざされた時の心、この衝撃が中心です。上の句はそれに至るまでの表現で、下の句の「ひたと」が導かれるために「簡潔に」が効果をあげています。つまり中心を明らかにするために前半に説明的要素を集中したということです。もちろん作者は殊更に意識してはいません。長年培ってきた歌心がこういう形になったのです。

次の歌は病者の死後に発生したことを取り上げています。予期しなかったことで、作者にも戸惑いが感じられます。

実はこの種の歌は近年多く見られるようになりました。看病の歌、介護の歌と一口に言いますが、病気や病人を対象として詠む歌は比較的できやすい。しかしその周辺の歌は難しい。なぜか。入院、退院、手続、交渉、遺言など、いわば人事、散文的なことがからんで来ますと、そこには「歌」が発生しにくくなるのです。

ここで詠まれている遺産相続の問題などは本来「短歌」とは遠い存在です。しかしそこに発生する当事者の感情はやはり何か表現せずにはいられない。それが現代を生きる人間の姿です。右にごく少数の歌を掲げて見ました。介護に携わる人の歌。病者自身の歌。そして病気周辺の歌。内容や状況はさまざまです。介護の歌に特定の作り方や詠み方があるわけではありません。先ずは対象をよく見て、何をどのように形にするか。ゆっくり考えることです。

一つ加えますと、病者や介護の人を傷つけるような表現は慎むこと。簡単にはわかりにくいと思いますが、この気遣いは大切です。

なお、新聞雑誌には介護や看病の歌はいろいろと出ています。眼に着いたら参考のため手元のノートなどに控えてそれらを手がかりにご自身の歌を考えるのもよいことです。他人の歌をよく読むことは大いに勉強になるはずです。

まとめ。短歌は心を打たれた感動の頂点を言うものです。その上で次に、余裕があれば周辺のことを加える。それが原則です。

言いたい気持、詠んでおきたい感情は次々に出てくる筈です。ここはゆっくり考えて、焦らずに詠むことにしましょう。病気の原因や理由などはその後でよいのです。良い歌は必らず出来ます。

戦争をどう詠むか

「現代短歌」三月号を昂奮して読みました。感想はたくさんありますが、私は「戦争」の歌が詠みたいのです。でも、私自身は戦争の記憶がありません。父は南方の海で輸送船もろとも撃沈され、戦死しました。父を偲ぶ歌をどう綴ればよいのか。どなたかの歌にありましたが、父を思って「戦争は悪だ」と言いたいのです。どんな歌をどのように詠めばよいのでしょうか。途方に暮れています。

（神奈川県　K・A　77歳　女性）

「現代短歌」をご精読下さり、ありがとうございます。お父上は南方で戦死なさいました由、謹んでお悔やみ申し上げます。

お尋ねのことですが、戦争のこと父上のこと、みなあなたにとっては重大なことです。ですから一首や二首の歌ではあなたの心は言い尽くせないだろうとお察しします。戦争や父上の歌は詠もうとすれば二十首でも五十首にでもなる大きな素材です。しかし今あなたにいきなり数多くの歌を詠めと言っても無理と思いますので、ここでは私の思いつくヒントを申しあげます。これを手掛かりに時間をかけてゆっくり詠み進めて頂ければ幸いです。

まず内容を絞りこむこと。短歌は短い、小さな詩形です。何でも詠もうとするより詠めるものや身近な詠めるところでその気持を選ぶのです。

身近な詠めるもの、と言えばまず父上でしょう。あなたが幼かった頃の、父上の記憶はありますか？　あるならそこが出発点。もしほとんど覚えてないならないで、母上やご兄弟の話の中に語られる父上から詠み始めればよいのです。たとえば「母の話に出てくる父は年若く」など、思いつくままでいいのです。「私を抱いてじゃあねと言えり」とでも付けてみましょう。でもこれでは戦地に赴く軍人の姿が浮かびませんね。そこで場面を出しましょう。

・万歳の声に送られ我が父は私を強く抱きしめ行けり

とすると「万歳の声」があるから出征の場面か、と察してくれる人がいるかも知れません。目先を変えて季節を感じる植物などを入れるのも一案です。

・万歳の声に送られわが父はさくら花散る門を出で行く

こうすると作者の姿は消えましたが、季節は分かります。「さくら花散る」とあるので父上が亡くなったと察して下さる人もいるかも知れません。また、お父さんが出て行くときも記憶にあるが、戦死の公報が来た時のお母さんの表情や様子が忘れられない、とするとその時のことを思い出してみましょう。

・公報を受け取りし母は正座して虚空を見詰めもの言うとせず

その時の様子はその場にいない人には何も言えません。反対に泣き崩れたかも知れません。

・玄関に声を抑えて泣く母の背中を幾度も擦《さす》りわれは

つまり「父戦死」の公報を受け取った時の母を描くことで亡き父の姿を呼び出すのです。

このほか父上のことは想像によっていろいろな歌が生まれると思います。輸送船が沈むときはどんなだったろう。戦友と何か会話をする余地はあったのだろうか、など。悲しい想像は限りなく広がってゆきます。

ここで少し先輩方の歌を見ることにしましょう。いずれも三月号掲載の歌です。

①　戦争は終つてゐないとアメリカに金日成の孫が言ふなり　花山多佳子
②　戦争は始めたら中止叶はぬに改憲論者安倍氏の勢《きほ》ふ　高野公彦
③　戦《いくさ》知る最後《をはり》の世代　老兵のわが父帰還も多くかへらず　影山美智子

①は一見関わりのないような表現ですが、戦争の危険を暗示しています。このように間接的に言いながら、背後に批判を込めた詠み方があります。主観的な言葉を抑えているところに注意してください。

②わかりやすいと言えばこの歌です。これは直接、総理大臣への批判を秘めた歌です。明快率直で端的に戦争反対の意思表示を見せています。この歌は簡潔に言うべきことを言い得ていますが、この形はややもすると新聞やテレビの報道や論説を言い換えただけの歌に陥る危険性を含んでいます。ニュースの言い換えではなく、作者自身の言葉で詠むことがたいせつです。それだけにこの形は却って難しいと言ってもよいと思います。

③最後の歌は、やはり実感がベースにありますから、訴求力の強い歌になっていますが、それだけに歌いたいデータが多くなり、まとまりの点では気になるところを残しています。素材が多い場合は一首で言い切るか、何首かに分けるか、その判断が大切です。問題を提起された

Kさんのためには、この③の歌がもっとも参考になりそうな感じですね。この歌は、戦争に行った自分の父を通して、同じ時期に戦地に赴いた同世代の兵士たち、帰還できず、命を失った人たちをも併せて詠んでいます。戦争を詠むといってもここに見るように、人によってどのようにでも詠めるのです。

ではこの辺で、右に記したことを整理してみましょう。

まず考えておくべきことは、日本人が体験した戦争は約八十年前のことです。そこをしっかり自覚しておくことが必要です。一般に歌はなるべく現在のことを詠めと言われます。確かに現在のこととして詠むと力強い歌になります。しかし戦争は過去のこと。つまりはスタート地点からハンディを負っている、その自覚が大切です。過去のことをどれだけ現在の自分が歌に詠めるか。難しいことです。しかしあなたにとっては戦争は現在の問題として生きている。そこに大きな可能性があると言えます。

以下、実際の表現のことに触れましょう。

まずなるべく実体験を詠むのが強い。体験がない人は体験者の資料や記録を精読する。テーマを絞る。何でもかでも詠もうとすると散漫になりやすい。次に一首に収まらない時は何首かに分ける。大きな素材を内容に応じて幾つかに分けてまとめる。古来、多く行われて来た方法です。そして用語を検討する。戦時中の言葉は今私たちが使っている言葉と違うところがたくさんあります。そこは慎重に先例に学んで下さい。最上の学習は数多く歌に詠むことです。右のことを心に置いて「戦争」を詠んでください。きっと佳い歌ができると信じています。

最後に二首、参考までにあげておきます。

亡き柊二あらはれ出でよ兵なりし君がいくたび越えし滹沱《こだ》河　宮　英子

いたく静かに兵載《の》せし汽車は過ぎ行けりこの思ひわが何と言はむかも　柴生田稔

自然をどう詠むか

私は親の代から地方に住み、父は「短歌の基礎は自然詠だ」と口癖のように言っていました。私も父の教えに従って、自然を大事に詠んできましたが、最近、ある友人から、自然など詠んでいるのは時代遅れだ、今は現代社会のことを詠むべきだ、などと言われてショックを受けました。自然を詠むのは古くてダメなのでしょうか。詠むならどういう歌を詠めばよいのでしょうか。

（山形県　K・A　62歳　女性）

「自然詠」というと、一般に山川草木、鳥獣魚介など、自然の風物を詠んだ歌、という程度の理解で話は進んで行きますが、実際に歌を詠むにはそう簡単には行きません。自然詠という言い方は、もともとは人事詠、社会詠、思想詠など、分類の便宜で使われていたものです。実例を読んでみましょう。

白銀《しろがね》の鍼《はり》打つごとききりぎりす幾夜はへなば涼しかるらむ　長塚節『長塚節歌集』

金色《こんじき》のちひさき鳥のかたちして銀杏ちるなり夕日の岡に　与謝野晶子『恋衣』

どちらも明治時代の歌です。新しい目で自然を見、対象を正確に、美しく詠んでいます。その頃、ご承知かと思いますが、正岡子規によって「写生」ということが論じられました。長塚節の歌はその「写生」を意識して詠まれた歌です。与謝野晶子の歌は「写生」の歌ではありませんが、散り行く銀杏の葉を金色の小鳥に見立てて詠んだ歌です。この二首、対象をしっかりと見つめ、今読んでも感心できる佳い歌です。

しかし時代が進むと、ただ対象を正確に、美しく詠むだけでは飽きたりない、と思う人が出て来ます。対象を正確に描きながら自分の感情のにじみ出るような歌を詠みたいと。それは当然の要求です。抒情詩としての短歌にとっては必然と言ってよい願いです。

昭和の歌から幾首か見ることにします。

萌えたてるうすべにの葉のゆたかにて花いまだしき山ざくら花　　若山牧水『黒松』

朝よひに真清水《ましみづ》に採《つ》み山に採み養ふ命《いのち》は来む時のため　　土屋文明『山下水』

われも世に生きゆくすべはありぬべし朝顔の花のしろき一輪　　土岐善麿『冬凪』

二、三首目は第二次世界大戦直後の歌です。この時期は日本人誰もが日々食べてゆくために苦労した時期で、歌もただ自然を美しく描く、詠むというだけでは済まなくなりました。新しい時代の到来です。歌も大きく変わります。

寒つばき深紅《しんく》に咲ける小《ち》さき花冬木の庭の瞳《ひとみ》のごとき　　窪田空穂『去年の雪』

さらに時は進んで平成になると、自然詠の表情は次第に複雑になってきます。自然を自然として平明に詠む人が少なくなりました。

張りつめたガラスごしなる月光よ　百合のなかにも奥の細道
大滝和子『人類のヴァイオリン』

今日を待ち張りつめてゐし胸ならむ魚《うを》跳ねて水のひかり割れたり
横山未来子『水をひらく手』

しらかしの林を抜けてゆく道は亡きひとの母に会ひにゆく道
松村正直『やさしい鮫』

ここにある歌の作者には、自然詠とか何々詠などという意識はおそらくないと思われます。つまり現在は素材として自然のもの、月光、百合、魚、しらかし、道などが扱われている。それだけのことです。ですからいまは自然の風物は詠むけれど、「自然詠」という意識で歌を詠んでいるのではない、それが現状で、それはそれでよいのだ、と私は思っています。

しかしそれでもなお、満開の桜を詠みたい、美しい花吹雪を描きたい、という方は、いると思います。そこで以下は念の為。過去の先輩方の言っておられる「自然詠の注意点」から一つ二つ拾って記すことにします。

①　先ず何よりも、対象をよく見ること。桜の花が満開だ、だけでは歌になりません。じっくりと見つめることが第一歩。自然は動く。静止してはいない。変わる姿を詠め、と言った先人がいます。種が膨らむ。芽が出る。葉が出る。蕾を結ぶ。咲く。揺れる。散る。花は散る姿のほうが美しい、などとよく言われることです。

②　周りに眼を配れ。見えるものは桜だけではない。桜が生きているのは周囲の植物などがあってこそ形になっている。右に引用した幾つかの歌を見直して下さい。どの作者も周囲にある風物を歌に生かし、自分のものとして詠み込んでいます。

③　言わずもがなの事ですが、歌に詠む以上はやはり桜の名歌の幾つかは知っておきたい。また桜という樹木についてもある程度は知っておきたい。いまは情報社会ですから周囲は物知りがたくさんいます。別に張り合う必要はありませんが、ある程度の下調べは必要です。

最後に、これは何の歌にも言えることですが、資料を活かす、ということ。あなたが観察したり、調べたりして気づいたこと、発見したものからあなたが歌に活かせる、と思ったことをメモしておく。言葉として記しておくと、後で必ず役に立ちます。そして反対に、メモを読み直し、大事なことだけを残して、後はいさぎよく捨てる。歌は短い、小さな詩形ですから詠める内容は限られています。不要なものは潔く捨てる勇気が必要です。

お父上が自然の歌を尊重された気持ちはよくわかります。自然は歌の基本にあります。大事に心に刻んで作歌の参考にして下さい。古い新しいは気にする必要なし。佳い歌はつねに新しい。

花を詠みたい

最近友人にみごとなバラを頂きました。毎日見ているうちに、このバラを何とか歌に詠みたいと思うようになりました。どうしたらバラの花がうまく詠めるようになりましょうか。

（神奈川県　K・K　74歳　女性）

美しいバラを見て歌に詠みたい、ごく素直な気持で結構なことです。難しいことは考えずに心のままを詠めばよい。それが一応の答です。バラに限らず、花（植物）は昔から私たちの祖先がたいせつに詠んできた素材です。どうか心をこめて詠み続けて下さい。

しかし実際はたやすいことではありません。花や植物の詠み方という特別の方法があるわけではなく、鳥でも虫でも人間でも、歌の詠み方に違いはありません。

詠み方は人によってさまざまです。ここでは、ヒントを記すにとどめます。

まず詠みたいと思ったその対象をじっくり見ること。相手について深く正しく知ることは歌に限らず、すべての基本です。

そして次になぜその対象を詠みたいと思ったのか。それを心にしっかり確かめる。この場合は「バラの美しさを何とか歌で表わしたい」ですね。ではそのバラの色は、形は、葉は、茎は、名前があるのか、そしてどこに咲いているのか。バラ園ですか、お宅の庭ですか、鉢ですか。それらを見ながら、その美しさの表わし方をゆっくり考えて下さい。

一つだけ、注意を申します。

初心の方の陥りやすい欠陥として美しいものをそのまま「美しい」と言ってしまう。読者はああそうですか、と頷くだけです。「美しい」と言葉で安直に言う前に、バラに心打たれたあなたの感動、バラの美しさを違う表現で言葉にする。これを差当りの目標にして下さい。

世界にはこれまでたくさんの人がバラを表現してきました。絵画でも写真でも、バラの美しさに迫った人や作品は数限りなく存在します。

あなたがご自身の歌を詠む前に、それらの先進の作品を一つでも二つでもご覧になってはいかがですか。それ歌だ、と思ってやみくもに五七五七七の言葉に綴るより、まず立ち止まることを勧めます。

ここは人によって考え方が違うはずです。なまじ他人の作を見るとそれに影響されて言いたいことが言えなくなる、先入観なしに自分を表わしたい、という考え、それもあり得ます。創作に絶対ということはありません。自分のよいと思う方法でやればよいのです。

さらに言いますと、絵画や写真の名作があるのに、あえて自分が歌を詠む。とすれば言葉でなくては表わせないものは何か。やがてそこまで考えて下されば嬉しいことです。

参考までに名高いバラの歌を二首だけ挙げておきます。ただ美しいというだけではない味があります。

くれなゐの二尺のびたる薔薇の芽の針やはらかに春の雨降る　正岡子規
はらはらと黄の冬ばらの崩れ去るかりそめならぬものの如くに　窪田空穂

恋の歌は自由

私は五十歳を越えた主婦です。家族もいます。でも半年ほど前から、恥ずかしいことに十幾つも年下の男性を好きになって、歌に詠みたいのですが、詠んでよいのかどうか迷っています。ある友人は、よしなさいと言います。でも他の友人は、歌に年齢はない、心のままに歌に詠めばよい、と言います。例えば私の作ですが、「別れ来てまた思ひ出す振り返り君の言ひたるやさしき一言」という歌です。その友人が「現代短歌新聞」に相談したら、と言いますので勇気を出してお尋ねします。続けて良いのでしょうか。

（岐阜県　Ｈ・Ｋ　55歳　女性）

最初にお断りいたしますが、ここは身の上相談の場ではありません。短歌の作品についてのお尋ねにはお答えできますが、恋の是非についてはお話できません。お友達の言われたように、歌に年齢はない、心のままに詠めばよい、ということで話は尽きるのですが、折角お作をも添えてのご質問を送ってこられましたので、私の思うことを少しだけ申し上げます。

本来、短歌は人間の恋ごころを詠むために生まれ、続いてきたと言ってもよいほどの詩形式です。少し言い過ぎになりますが、恋の歌を詠むのは決して恥ずかしいことではありません。年齢も境遇も関係なし。あとはどういう歌を詠むか、というだけのことです。

では良い恋の歌をどのように詠むか。答はありません。恋の条件は時代によっても、人によってもさまざまです。誰にでも通じる歌の詠み方などあるはずはない。でもそう言っては身も蓋もありません。ここでは思いつくままに幾つかのヒントを示すに止めます。

まず具体的である方がよい。頭の中だけで好きだの美しいだの恋しいだのと言っても無意味です。一首の歌を詠んで、そこに恋人の姿や声、それが見えてくればまず成功。もちろん歌ですから、そこからその人をなぜ好きと思ったか、なぜ好感を抱いたのか、読者が感じれば何よりです。凡作の大半は自分だけが好きと思っていて、一人芝居に終わっている例が多いのです。歌を詠んだら、先ず一歩下がってその歌を読み直す。その歌の中に恋人が感じられるか。落着いて読み直してください。

次、右に少し触れましたが「言葉」をじっくり読み直し、顧みてください。日本の短歌の歴史には何千何万という恋の歌が詠まれてきました。別にここで先輩歌人と競う必要はありませんが、それらの名歌をよく読んであなた自身の参考になる歌を発見する、そういう努力は決して無駄ではありません。歌はあなただけのものではないのです。ではどういう歌に学ぶか。

あの夏の数かぎりなきそしてまたたつた一つの表情をせよ　小野茂樹

雨の日の雨の色など書きよこす短き手紙にこころ揺れをり　大塚陽子

前の歌は恋人の表情を強調しています。「たつた一つの」と強調することで、読者には彼女の顔立ちが浮かんできます。次の歌はその日の天候と手紙の内容から相手の表情が見えてきます。

たとへば君　ガサッと落ち葉すくふやうに私をさらつて行つてはくれぬか　　河野裕子

有名な歌です。ここでは落ち葉を掬う音を比喩的にあしらって彼を思う気持ちに通わせている。たいへん技巧的な仕組みになっています。ここには三首の見本を掲げましたが、これらに捉われることはありません。自由に、気ままに詠んでよいのです。

もう一つ、あなたの思う人の姿を精一杯、いろいろな角度から描いてみて下さい。部屋にいる時、街を歩いている時、物を食べている時、人と語り合っている時、朝の姿、夜の姿、女性ならば衣装服装やお化粧によってさまざまに姿は変わります。それに人物が加わるとさらに変化が生まれます。独りの時、二人の時、人はそれぞれの表情を見せます。

これは対象人物を見つめることによって、より深くその人を知ることができ、作者自身の「眼」

も充実してくる。そのための努力です。

さらに相手をさまざまな「場」においてみて下さい。ひとりでいる時の姿、多くの人がいる場、その声や動作の変化をできるだけ多く描く。あなたの質問の中に自作が記されています。

・別れ来てまた思ひ出す振り返り君の言ひたるやさしき一言

一応よく整った佳い歌と思います。この歌は「君」の一言が中心ですね。しかしそれがどんな言葉だったかはこれだけではわかりません。だがここには「やさしき」とあります。そこをもう一歩踏み込むことは出来なかったでしょうか。そこが惜しい。もちろん歌は歌で、説明文ではありませんからすべてこまかく説明する必要はありませんが、読者にしてみれば物足りない思いが残ります。作者の心は察しられても、それ以上は何もわからない。欠点といえばやや不十分、相手の表情なり言葉の一端などほしい、というところです。

繰り返しになりますが、歌は説明文ではありませんから、内容をくどくどと説明する必要はありません。しかし読者がいる以上は最低限の内容の表示がほしい。実はその兼ね合いが難しい。作者の心情はわかるが、いま一息の描写がほしい、というのが私の感想です。

ここは実作指導の場ではありませんからこれ以上の発言はつつしみますが、一歌人の意見としては、まず具体的に詠むことが望ましい。対象をじっくりとよく見詰め、その人を徹底的に描き尽くすほどの気概をもって、あらゆる角度から観察し、より適切な言葉を選ぶために全力を傾ける。

一般論に傾きましたが、原則的な心構えを記しました。のびのびと恋の歌をお詠みください。

わかるわからない（1）

短歌をはじめて十年になります。何時の間にか時が経ちました。最近書店で売られている短歌雑誌を買ってきて読むのですが、どうしても理解できない歌があります。言葉の意味がわからない歌、何が言いたいのかわからない歌、いろいろわからない歌がたくさんあってますますわからなくなります。今後私はどうすればよいのでしょうか。

（長野県　K・T　66歳　女性）

あなたがわからない、という歌がどんなものか、実例がないので私には答えようがありません。話を一般的なことに限って言うことにいたします。

まず使われている言葉の意味がわからない。これは簡単です。辞書をひく。しかし辞書だけで解決のつかない例もあります。使われて間もない新語や流行語、限られた範囲で使われる、専門語などです。これらはわからなくてもよい。調べる努力はするべきですが、わからない語は調べてわからなければ打ち切ってよいと思います。誰もがすべての歌の解釈をしなくてもよいのです。

次に作者の言いたいことがわからない、という歌があります。実はこれがもっとも厄介で、人それぞれの表情が違うように、歌はすべて違うのが当然です。ですから誰もがすべての歌を理解しようというのがそもそも無理な話です。むしろわからない歌があって当然、それが本来なのです。

作者の立場から言えば、折角詠んだ自分の歌は、できるだけ多くの人の理解を得たい、と思うのが人情です。しかしこれも人さまざま、歌は他人のために詠むのではない。自分の心のために詠む。人が理解するかどうかは二の次でよい。これも正論です。

これから先はあなた自身が自分の歌の今後をどう考えるか、ということになります。

短歌が好きだから詠んでいる、これがごく自然な、健全なあり方です。それはそれで正しいあり方だと思うのですが、中には短歌によって名をあげたいとか、もっと多くの人に読んでもらいたいとか、さまざまな欲が生まれてきます。ここから先が実は難しいことで、短歌についての考え方は人それぞれ、一様ではありません。

しかし人間、誰しも欲があります。自分だけの楽しみと思っているうちはよいとして、人から褒められたり、友人と語り合ったりして、もう少し広い短歌の世界を知ってみたいという気持ちになることがあります。

折角一所懸命詠んできたのだから、新聞雑誌に出ている歌と比べて自分の歌はどの程度のものなのか、違う人の意見も聞いてみたい、と思うこともあるでしょう。

ここから先は人によって考え方が違いますから一概には言えません。自分の歌を少しでも多くの人に読んでもらいたいという人もいれば、その反対の人もいます。近年、新聞雑誌などで著名になり、それをよいこととして讃える風潮もありますが、それだけがよいとは言えません。

歌についての考えは人それぞれ、ご自身の環境や条件を考えて、もっとも自分にふさわしい道に進まれるのがよいと思う次第です。短歌の世界はもっともっと広く、深いものなのです。

次に内容または歌全体のことに触れます。手元にある投稿歌にこういう歌がありました。

・動かない車の行列また楽し勝ち点三の帰り道にて

このままでは何を言っているのか、わかりません。が「勝ち点三」はサッカーのことだと気づけば頷く人もいるかも知れません。この歌、もともと作者の表現そのものが不十分です。読者はわからなくて当然です。
次に、ある雑誌（「短歌往来」）の評論でわからない歌について記されていました。これを借ります。

どんなにか疲れただろうたましいを支えつづけてその観覧車　井上法子

この歌に対して田中教子氏は「歌の本旨」がわからない、としています。「本旨」とは歌の中心、一首の歌としてもっとも言いたいこと、と解しておきます。私もこの歌は「わからない」と思いますが、迎えて解釈すれば、作者自身が観覧車に託してふと漏らした自己慰藉なのだ、と言えないこともありません。もう一首、同じ文中で引用されている歌はさらにわからない。

飛び抜けた価値を探して怪しげな門を叩いた痛みの地図よ　巻上公一

これは私にもまったくわかりません。言葉を追って行くと作者は「飛び抜けた価値」を求めて「痛みの地図」をさまよい「怪しげな門」に至った状態のようですが、この形では理解不能です。

この二首はどちらも暗喩を用いた歌です。暗喩の歌は、直喩では言えない深い思いを伝える反面、独善的な、言葉の羅列に過ぎない歌に陥るおそれもあります。この歌、作者以外にどれだけの人が理解したり共鳴したりするでしょうか。

ではどうすればよいか。作者は作者なりに作品として発表しているのです。ですから、読者としては辞書を引いたり、読み直したり、理解への努力はしましょう。しかしそれでもわからなければ、無理はしなくてよい。一首の難解歌のために無駄な時間を使う必要はありません。人の命には限りがあります。ソリの合わない歌とは早めに手を切ることをお勧めします。

もちろん何年か経った後に読み直して、わかった！と思うこともないとは言えません。私自身の経験でも二十代の頃はつまらないと思っていた歌（例えば高齢者の境涯詠など）を六十歳を越えて読み直した時、あらためてその歌のよさに気づくこともあります。自分自身で努力を続けてさえいれば、自分の鑑賞眼にも変化が起こり、若い頃には見えなかったものが見えるようになる、ということはあり得ます。

要するにわからない歌に出会った時は、まずなぜわからないか、を考え、さらに考えてわからない時はその歌にはこだわらずに縁を切る。そして自分の頷ける歌に向かって直進する。それでよい、と私は思います。

わかるわからない（2）

いろいろな歌を読んでいますが、最近わからない歌が多く、困っています。特に新しい歌、例えば某大新聞の夕刊に出る若い作者の歌は、ほとんど毎回わかりません。どうすればわからない歌がわかるようになりますか。教えて下さい。

（M・K　58歳　兵庫県　女性）

「某大新聞の夕刊」の歌については具体的な歌が示されない以上、私の意見は言えません。それよりもここでは一般的に、わかるとは何か、わからないとは何か、その考え方について少しずつ検討することにします。

「この歌わからない」とか「この歌むずかしい」など、日常よく耳にする言葉です。誰でも気軽に「わかる」とか「わからない」などと言いますが、思えば実に曖昧な言い方です。何がわからないのか、そこでまず「わからない」の中身を幾つか考えてみましょう。実際に私が受けた質問から例をあげます。

①　死を遁るる如く生きつつしかすがに死を追ふ如しきのふ、けふ、あす　　高野公彦

「しかすがに」って何ですかという質問。これは言葉（この歌では古語）ゆえのわからなさですから答は簡単、辞書をひけばわかります。人に尋ねる前にまず自分で辞書をひく。それがわかるための第一歩。

②　藤といへば早やも夏場所夕こめて鉄傘《てつさん》の揺ぎラヂオとよもす　　北原白秋

昭和十七年頃、白秋最晩年の歌です。とくに「鉄傘」がわからないとのこと。「鉄傘」は今の東京ドームのように鉄製の円形の天井のこと。ここでは両国国技館。鉄製の天井が当時は珍しかったので「鉄傘」または「大鉄傘《だいてつさん》」が国技館の代名詞のように使われていました。

白秋は病床にあって相撲のラジオ放送を聞いているのです。国技館の鉄傘が揺らぐほどの大

喚声だと言っています。が当時のことを知らない人には理解できないかもしれません。

③　サンチョ・パンサ思ひつつ来て何かかなしサンチョ・パンサは降る花見上ぐ　成瀬　有

「サンチョ・パンサ」は『ドン・キホーテ』の登場人物。主人公の従者ということはみな知っていると思いますが、その性格や人柄までは知らない、という人も多いはず。とすると前の白秋の歌も成瀬の歌も歴史的事実や小説の内容を知らないと「わからない」歌になります。つまり読者の範囲が限られる歌です。

言葉だけがわからない場合は辞書を引いたり調べたりして「わかる」歌になりますが、②と③の二首は辞書だけでは解決できない人がより多く出てくることでしょう。

「わからない」の例はまだ多くあります。しかし、あえて言いますが、わからなければわからなくてもいいのです。短歌は文芸作品、創作の一つです。作品はすべての読者に理解される必要はありません。それが原則です。が、そう言い切るわけに行かない現実もあります。ここからの問題は改めて検討します。

歌をいつ詠むか

　三十代なかばにある結社に入り、毎月欠かさず出詠してきましたが、仕事が多忙を極め、最近とうとう欠詠してしまいました。この調子だとせっかく続けてきた短歌が遠のきそうです。忙しいなかで歌を詠む時間をもつにはどうしたらいいでしょうか。

（東京都　Y・K　54歳　男性）

　この悩みは現代を生きる誰もが直面する大きな問題です。多忙との戦いは現代歌人の必然で多くの先人が味わい、戦ってきた悩みです。

　職業の仕事の忙しさは私にも経験があります。三十代から四十代の私は毎朝八時半に出勤、数え切れないほどの仕事に終日追われ、帰宅はほぼ午前二時、といった生活が続きました。

　確かにこの頃は、歌を詠みたいと思っても疲労が重なって心が歌のほうを向かないのです。たまに歌を詠んでも形になっていない。しかしここで引っ込んではいけません。問題は単に時間だけのことか。そうとばかりとは言えません。肝心なのは作者自身の短歌に対する意識あるいは姿勢にもあるように思います。今の暮らしを続けていて、短歌は遠のくかどうか。「忙しい」のは事実でしょうが、短歌については他の事情、つまりあなたの心の持ち方の比重が大きいのではないでしょうか。

ご質問に対する答は人によって違います。さて歌が作れない時はどうするか。

① まず綺麗さっぱり、短歌に背を向ける。でもやめてしまうのは避けましょう。そこで考える。肝心なのはあなたの気持。必要なのは「粘り」です。粘ってこそ様相は変わる。一旦短歌と遠ざかり、短歌を忘れて生活してはいかがですか。そこで時間が生まれます。時が経つと、若き日の恋人を思い出すように、短歌への思いが戻ってくるかもしれません。もう少し粘ってみてはどうでしょうか。

② 次に時間がなくなり、不安になった時、思い切って短歌から遠ざかるのも一案です。もし気が動けば短歌以外の他のジャンルに近づいてみる。何に近づくか、これは人によります。例えば文字や言葉を使わないもの、映画、写真、舞踊など。逆に文字や言葉に縁のあるもの、演劇、謡曲、歌謡曲など、何でも好きなものに接近する。時間の少ないあなたには困難な要求かも知れませんが、そこから短歌を見直すきっかけ、新しい時間が生まれるかも知れません。

③ 反対に歌の良し悪しなどを考えずに遮二無二歌を詠み続ける。逆療法のようですが、案

外これで効果を上げた人が何人かいます。冬、寒冷の地で水道が凍ってしまわないように、夜中も水道の蛇口を閉めずにチョロチョロ水を出しておく、という北国の人の話を聞きましたが、生活の中で何とか歌を続ける。ほんの五分か十分、その時間を維持して行くのです。名付けてチョロチョロ作戦。つねに傑作を生み出さなくてよいのです。昔の人はこれを「歌口」を養うとか、「歌口」を守る、などと言いました。スポーツの選手が日々体や手足を動かして調子を整えるように、つねに言葉を歌とともにあるようにしておく。これは案外効果的で、うまく行ったという例を何度か聞いたことがあります。

　では、どうやって時間をつくるか。これは人によりけり。時間の作り方は人さまざま。電車を待つ間、乗ってから目的地に着くまでの間、道を歩いている間、床に入って眠るまでの間、人を待っている間など。時間を作る方法はその人その人によってさまざまです。これはそれぞれの方が自分で可能な方法を考えて頂ければよいことです。しかし一方、あまりムキになって時間・時間とそればかり考えすぎるのは却ってマイナスになる恐れもあります。歌が出来る時は出来る、出来ない時は出来ない、と開き直るほうが却ってよいかも知れません。要するに歌が出来ない、と言って慌てたり恐れたりする必要はありません。

　いつもたっぷり余裕の時間を持って歌を詠んでいる人など、滅多にいない筈です。ゆったりと大きく構えて時を待つことです。反面、忙しいときにこそ佳い歌が生まれる、という事実もたくさん伝えられています。窪田空穂は試験の前日になると歌心が湧いて困った、という体験を語っています。つまり試験前は心が緊張している、ということです。心が緊張している時にこそ佳い歌が生まれる、これはたいせつなことです。

最後にまとめ。まず粘ること、次に目先を変えて他のジャンルに眼を向けてみること、三番目に滅茶滅茶に作り続けること。どれが適切か人さまざまでしょうが、道は必ず開けます。時が来れば必ず心に佳い歌が兆すもの。どうか自信をもって歌を詠み続けて下さい。多忙は時に名歌の起爆剤にもなります。

Ⅲ　現場に立って

「我」から「われ」へ

最近、ある歌会で「時経《ふ》れば意識しだいに薄れ行く夫の手握り我はをりたり」という歌を出しましたら、ある先輩から「我」はもう古い。「わたくしはをり」とせよと言われました。「我」というのは古いのでしょうか。また古い表現はいけないのでしょうか。

（埼玉県　S・T　63歳　女性）

「我」が古い、使わないほうがよい、というのは一つの意見ではありますが、誰もが従わねばならぬことではありません。また新しい古いは読者（評者）の感想ではありますが、批評とは言えません。先輩の言われるように「我」や「吾」が以前ほど使われなくなっているのは事実です。しかしそれは、現在のある現象であって規則として決まったものではありません。この語に限らず、原則として、どんな語でも使いたい人は自由に使って差支えはありません。ただ近年の傾向として漢字の使用例が少なくなっているということは言えます。

実際の作品を読んで考えましょう。

寄り添へる吾を目守《まも》りて言ひたまふ何かいひたまふわれは子なれば

斎藤茂吉の名高い「死にたまふ母」の中の一首です。この歌、一首の中の自分を言うのに「吾」

と「われ」と二通りの表記が使われています。またその次の歌は、

長押《なげし》なる丹《に》ぬりの槍に塵は見ゆ母の辺の我が朝目には見ゆ

です。ここでは「我が」が使われています。よって茂吉はこの二首で「吾」「われ」「我が」と三通りの一人称を用いていることがわかります。しかし茂吉はこれらを無意識に使ったとは思えません。考えがあって、それぞれの語の意味や効果を意識して使いわけていると思われます。

『赤光』は大正二年に刊行され、何度か加筆されていますが、およそ現在から百年以上前に詠まれた作品です。

さて過去の調査では茂吉の『赤光』の場合、「吾、吾が」と「我、我が」が四十四首、「われ、

わが」が七十六首でした。また土屋文明は「吾、我」が五十四首、「われ、わが」は九首でした（詳細は『作歌相談室』46ページ参照）。宮柊二、河野裕子を別とすれば、どの作者もかなり漢字を使っているのがわかります。

そこで最近の実例を見ることにしましょう。「現代短歌新聞」令和二年一月号の「ねずみ年の歌人」五十七人と三月号の「読者歌壇」六十人の歌から一人称の使われている歌を数えてみたところ、次のような結果が出ました。

「われ、わが」三十七首、「我、吾」五首、「私、俺その他」六首でした（見落としや数え間違いもあると思いますがお許しを）。

つまり前回の調査では斎藤茂吉、土屋文明、佐藤佐太郎らは「吾、我」を多用していたのに、近年の歌人たちの間では漢字表記はほとんど影を潜め、多くはひらがな表記「われ、わが」になっている、ということが明らかです。

右の結果から言えることは、いまさらながらのことですが、現在は一般に漢字よりもひらがな表記のほうが時代に即している、特に人称では「我、我が」「僕、俺」などより「わが、われ」などのほうが親しみやすい、という傾向です。もともと「我、我が」などは文章語であって、日常語ではありません。そこでついでながら思い出されるのは、大正から昭和にかけて、先人たちが同じ「われ」の場合に「吾」よりも「我」を多く使用し始めたことです。当時は「自我の目覚め」ということが文学論として論議された時代でした。「我」が「吾」にとって代わる、という意識が時代の流れとしてあったのではないか。これは私見に過ぎませんが、同じ漢字の「われ」でも「吾」から「我」へ、そしてひらがなへ、というひそかな流れがあったのではないか。さらに、格調という点から言えば口語の「わたし」や「ぼく」は「我」に比べるとどうしても調べの上で劣ります。ここでは「言文一致」はまったく置き去りにされているのです。

そこで最初に立ち返って「われ」は古いと言われたのは、その先輩の一意見に過ぎないとは言うものの、これをきっかけに、現代短歌の表記について一考するべき貴重な問題提起と言うこともできます。

先ほどの特集で、一人称はほとんど「われ、わが」でしたが、中に少数ですが「わたし」「わたくし」がありました。短歌は一文字でも短く気を付けるのが当然ですから、これらは却下されるだろうとは思いますが、今後の一人称の表記の検討資料にはなりましょう。同時に「われ」にかわる適切な一人称が生まれるかどうか、難しいことです。

最後に人称の問題とは離れますが、漢字、ひらがな、カタカナについて触れておきます。日本語の表記として漢字を使用することが時代の権威の一助となっていた時代がありました。この傾向は今や過去のものとなりましたが、それに代わって第二次世界大戦後は外国語、カタカナを使用することが、漢字にかわって新時代のシンボルのようにみなされた時期がありました。いまもその傾向は残っています。

短歌の表記では、それに加えて外国語をそのまま歌のなかに取り込む例も多く見られるようになりました。ここには簡単に論じきれない多くの複雑な問題があります。これについては他日を期すことにします。

古語の生命力

歌会で古語は使わないほうが良いと言われました。私はどうも古語や旧かなを多用してしまう傾向があります。現代短歌では古語はいけないのでしょうか。

（埼玉県　M・K　68歳　男性）

まずあなたの言われる古語がどういうものか。一口に古語といっても多種多様。誰かに「使わないほうが良い」と言われたそうですが、どういう古語について言われたのか、そしてなぜ使わないほうがよいというのか、その理由が知りたいものです。そのあたりをまず確かめて下さい。

「古語」とは何か。簡単ではありません。例えば「たらちねの」「むらぎもの」などの枕詞、「夕月《ゆふづき》」「薔薇《さうび》」などの名詞、「美《は》し」「愛《かな》し」などの形容詞、「礼《ゐや》す」「食《を》す」などの動詞、「しかすがに」「さはに」などの副詞。こういう例を見ただけでも「古語」の広さ深さはわかるはずです。

一般に短歌には、用語や用法で禁止とされるきまりはありません。もちろん公序良俗に反するものは慎むべきです。これは常識以前。

それなりの理論的根拠があって「古語」を否定する人はそれはそれでひとつの見識です。が、私はそうは思いません。世間でしばしば見られるのは、根拠も理由もなく、ただ単なる新しい古いの感じだけでものをいう人が多い。新しいことや新しいものこそ良いのだ、と信じている人がままあります。ですから歌会などで「あなたの歌は古い」などと言われるとガックリと深く傷ついてしまう。時代遅れと言われたくないという人は実に多いのです。

しかし短歌はファッションショーではありません。新しい感覚、新しい詠み方、それは望ましいことに違いありませんが、ここは文学の世界です。新しいことばかりがよいのではない。

新しいものばかりに眼を奪われていると、もっと大事な本質的なものを見失う恐れがあります。

話を戻して、そもそも古語とは何でしょうか。古語の多くは和歌千年の歴史を生きてきた言葉です。過去から現代まで、使われ続けてきた言葉もあれば、時の波間に消えていった言葉もあります。古くても新鮮な響きをもつ言葉もあれば、人々によく使われていても、やがて消えてしまう言葉もあります。

ご質問の中に「旧かなを使う」とありましたが、かな遣いは新でも旧でも、その作者の考えによって決めればよいことです。ともに一長一短があります。どちらかが勝り、どちらかが劣るということはありません。人それぞれ自分でよく見極めて選べばよいのです。

最後に現代の歌人の中にも積極的に古語を使っている作者はたくさんいます。気が付く範囲でいくつか例を示しておきます。

壮年《さだ》すぎてなほ人恋ふるあはれさを人は言ひにき我も然《しか》おもふ　岡野弘彦

「壮年《さだ》」「恋ふる」「あはれさ」「言ひにき」「然《しか》」

生き得じと折ふしに思ひ看取《みと》りたるわが眼しづかに父が見てゐし　馬場あき子

「生き得じ」「折ふし」「看取《みと》り」「ゐし」

かかる深き空より来たる冬日ざし得がたきひとよかちえし今も　小野茂樹
「かかる」「来たる」「得がたき」「かちえし」
ぬばたまのこころ染むならとほきとほき宇治の水辺の翡翠《かはせみ》の色　今野寿美
「ぬばたまの」
幽世《かくりよ》の声とも聞こえ凪は鳴るはじめをはりのあらぬその音　来嶋靖生
「幽世《かくりよ》」「あらぬ」

形容詞のこと

次のような歌は許されるのでしょうか。「吾病みて三度の食事の支度する夫は少しく背《せな》を丸めて」この「少しく」は手元の文法書には載っていないのですが。

（山梨県　K・S　82歳　女性）


「宝石のごとかる夢と友の言ふ吾にはあらぬ若き日の恋」この歌の「ごとかる」がどうも頷けないのですが、これはよいのでしょうか。

（群馬県　K・R　61歳　女性）

言葉の、それも珍しい質問ですから二作一緒に考えることにします。

「少し」は本来副詞です。ですから「少しく」という活用はあり得ません。しかし作者にして見れば、このままでは一音足りない、そこで「く」を補えばいいじゃないか、という考えでしょうか。しかし「少しく」という語は成り立ちません。

形容詞には「ク活用」と「シク活用」とがあります。詳しくはお手元の文法書をご覧ください。「少し」の反対の「多し」は形容詞だから「少し」も形容詞にしてもいいじゃないか、と言われそうです。でもそうは行かないのです。「多し」は数量や程度などがゆたかであることを表わす形容詞ですが、一方「少し」は数量・程度などが少ないことを表わす副詞です。これが「少なし」となると形容詞で活用する語になります。言葉の含む内容が違うので見た目は似ているように見えますが、微妙に違うのです。示されたお作は「夫」を「ツマ」と読まず「オットト」と読めば「おっとはすこしせなをまるめて」とぴったり定型に収まります。

ここで「夫」を「ツマ」と読むか「オット」と読むか、ということに触れておきます。『万葉集』が作歌の模範とされていた時代には、多くの人は疑いもなく「夫」を「ツマ」と読んでいました。が近年「夫」を「ツマ」と読む人、読める人がだんだん少なくなってきました。同じように「妹」を「いも」と読める人も減少傾向にあります。古典和歌の常識が現代の若い作者には通用しない、そんな世の中になってきたのです。

なお余談ついでにもう一つ記しておきます。私が中学生の頃「教練」の時間で、軍人の教官が生徒たちに訓示をしたり、何かの命令をしたりする時に「少しく」は多く用いられていました。理由はわかりませんが、私は少年期に聞いて不思議に思い、ずっと疑問を持ち続けてきました。その名残が今も生きているのかも知れません。

次の歌の「宝石のごとかる夢」はいかにも無理で「宝石のごとき夢」で何の問題もありません。理由はわかりませんが、どこかに「カリ活用」がカッコイイとでもいう迷信があるのでしょうか。この奇妙な表現は今でも時々みかけます。

・わが記憶になきことながら雨の日に恨みのごとかる文のとどきぬ

最近ある雑誌で見かけた歌ですがこの「ごとかる」はいかにも不自然、「ごとき」で十分です。歌は素直に表現するほうが格調高く感じられるものなのに、なぜか殊更にもってまわるのを良しとする傾向が一部にみられます。

なお知っておくべきこととして、よく文法書に書いてあることですが、「形容詞の「カリ活用」は助動詞に接続するのが本来の形」という原則もついでに覚えて頂きたいものです。

くれなゐの花全面に咲き満ちてまばゆかりけりこの広野原

ごとし・ように

・いちまいのガーゼのごとき風たちてつつまれやすし傷待つ胸は　小池　光

何年か前にこの歌を知って感動し、以後「ごとき」を使って幾つもの歌を詠みました。が、ある会で先輩や友人に「ごとし」「ごとき」はもう古い。現代短歌は「ように」(やうに)というのが望ましい、と言われました。そういえば最近の雑誌をみると「ように」ばかりの気がします。「ごとし」「ごとき」は使わないほうがよいのでしょうか。

(長崎県　S・T　55歳　女性)

これはびっくりしました。何を根拠にこういう奇妙な意見を言われるのでしょうか。「ごと」「ごとし」は比喩表現の基本です。古い新しいの問題ではありません。あなたが挙げられた小池光さんの歌は比喩を用いた名歌です。名歌はつねに新しく、時の傾向や流行で評価が変わるものではありません。「ごとし」も「ように(やうに)」も現在ともに立派に通用しています。

手元にある歌集から例をあげてみます。

電球をつぎつぎ割つてゆくやうな波の光に入江はありぬ　中津昌子
同じように髪を束ねた母と子のサランサランとゆく春の風　東　直子

前の歌は旧かなづかいなので「やうな」、後の歌は新かなづかいなので「ように」です。確かに比べてみると近年「ごと」「ごとし」の歌が少ないのは事実です。しかし無いわけではありません。

靖国を焼け　あけがたの耳のなか羽蟻《はねあり》のごと落ちてくる声　吉川宏志
悲しむべきことなきごとき冬晴れよ凧と地上の人は引きあふ　横山未来子

話を戻せば、まず新しい古いで言葉や歌を評価するのは間違いです。また特定の語を、軽々しく新しい古いと言い立てるのは間違いのもと。言葉の使用は作者の自由です。

では「ごとし」と「ように（やうに）」をどう使い分けるか。これは作者の感覚や意識、一首のあり方によるとしか言えません。
手早く言えば、文語的発想の歌には「ごとし」が親しみやすく、口語的発想の歌には「ように」が似合う、という程度には言えそうです。また同じ作者が歌によって「ごとし」「ように」を使い分けている例もあります。

並木みち飛白《かすり》のごとき風見えて若死のこと問はむとおもふ　森岡貞香
いろ湛ふる淵に沈むやうによそゆきの着物のなかに入りぬうつしみ　同右

作者は歌としてどちらが相応しいか、考えてそれぞれの語を選んだのではないでしょうか。

意に添はぬ辞令一枚　宣戦布告を受けるごとく掌にしつ　外塚　喬
水を得た　魚のやうになれるかな　なれる　なれるさ　なるから　見てゐろ　同右

右のような例もあります。内容によって語の選択を変えたのかもしれません。
なお念のために言いそえますが、「ごとし」は古く「ように（やうに）」が新しい言葉と思うのは間違いで、「やうに」はすでに古代から使われています。例えば『竹取物語』には「鬼のやうなるもの出で来て」とあります。遠い昔から生きている言葉、その上にあるのが短歌です。歌を詠むほどの人なら、目先の流行や傾向に左右されることなく、時には古典にも触れて、短歌は日本の伝統詩であるという自覚をもって頂きたいものです。

結句の連用形

先日、第五句が次のように結ばれている歌に出合いました。「…妻に先ず告げ」「…歩調を合わせ」「…事を成し遂げ」。何か中途半端な感じがします。新聞雑誌や歌集などに当たってみましたが同じ形は見つかりませんでした。どう考えればいいのでしょうか。

（山梨県　T・A　62歳　女性）

歌全体がわからないので不十分な答になるかも知れません。ここに示された例を見るかぎりでは、動詞の連用形で終わっています。俳句や川柳ではしばしば見かけますが短歌では動詞の連用形で終わる歌はほとんど見られません。但し形容詞にはないとは言えません。

身はすでに私《わたくし》ならずとおもひつつ涙おちたりまさに愛《かな》しく　　中村憲吉

古川柳では「役人の子はにぎにぎをよく覚え」「居候三杯目にはそっと出し」などたやすく思い浮かびます。それで歌人の中には連用形で一首が終わる形を「川柳止め」と言って特に嫌う人もいます。

あなたが例にあげられたフレーズは、倒置（下から上に戻る形）の場合にはあり得るかも知れません。

「高らかに声あげ歩む先輩にわれらも歌う歩調をあわせ」など。つまり「歩調をあわせわれらも歌う」とあるはずのところを第四句と第五句を入れ替えた形です。

しかしこの入れ替えの理由はわかりません。単に「先ず告ぐ」「歩調を合わす」「成し遂ぐ」とあるべきところをお洒落のつもりで連用形にしたという程度のことではないでしょうか。あなたの言われる通り、いかにも不安定で落ち着きません。作者は短歌の「形」についての考えが未熟で、終止形で言い切ることを避け、言いさしの形のほうが余韻をひくような誤解を抱いたのではないでしょうか。要するに短歌の場合、連用形の結句で終わるのは好ましくない。それが私の見解です。

言い切るかたち、つまり終止形は古来よく使われることから平凡のように思われるかも知れませんが、これが短歌の基本形で、きっぱりとした美しい姿です。

もちろん時には（連作などの場合）結句が終止形の歌ばかり幾つも並ぶと、単調だと感じることもありましょう。そこではじめて他の形が考えられます。

終止形以外の結句でもっとも多いのが連体形、また連体形と同じ働きとして名詞で止める形（名詞止め）も非常に多く使われます。また最近は已然形、命令形の例も多く見られますが、それらについては別の機会に記します。

死に近き母に添寝のしんしんと遠田のかはづ天に聞ゆる（連体形）　斎藤茂吉
死の御手へいとやすらかに身を捧ぐ心うるはし涙わく時（名詞止め）　山川登美子

今回はたまたま連用形による結句が話題となりましたが、いうまでもなく結句は一首の要にあたるもの、ぜひ慎重にお考え下さい。

引用のかな表記

引用部分の表記についてお尋ねします。私は旧かなづかいで歌を詠んでいます。旧かなで詠んでいますから、引用する部分も当然旧かなで通してきましたが、たまたま引用部分が新かなで、しかもこどもの書いたものの場合、それをあえて旧かなに変えるのは何となく違和感を覚えます。例えば「マジックで大きく『がんばろう！』と書いてある幼稚園前にほほゑむわれは」これを『がんばらう』とすると実感から離れるように思うのです。いかがでしょうか。

（滋賀県　M・M　42歳　女性）

なるほど微妙な問題です。結論から言えば、この場合旧かなの歌でも引用部分のみを新かなにしてよいと思います。ご指摘のようにここを旧かなに変更するのは引用として不正確になります。ですから新かなのままカギカッコに入れ、引用であることを明示してまとめるのが妥当です。

旧かなの歌で引用部分のみ新かなの例は次のようにすでにあります。

「いま風をたべているの」といふ吾子と自転車のベル鳴らしつつゆく　小野光恵

しかしこれは現在のように日常の話し言葉の語感と文語体の語感とに著しい差がある状況なればこそ認められることで、旧かなの歌は引用部分も旧かなにするべきだと言う説が本来です。

次の歌をご覧下さい。

「きもふときことうたひ給ふよ」鉄幹にさう言はせたる晶子の春は　今野寿美

カギカッコの引用部分は旧かな、一首全体旧かなで通っていますから、これは問題ありません。しかしもう一時代前の作者たちは引用があってもカギカッコなしにそのまま歌に詠み込むのが通例でした。

初々しく立ち居するハル子さんに会ひましたよ佐保の山べの未亡人寄宿舎　土屋文明

ひとりのために沸かせる今年の菖蒲湯なり心のどかに入りませと言ふ　都筑省吾

作者は二人とも明治時代の生まれです。掲げた歌は戦後の作ですが、共に旧かな使用、そして他人の言葉が一首の主要部分になっています。

しかしどちらも引用部分にカギカッコなどを付けていません。「読む人が読めばどこからどこまでが引用かはすぐにわかる。読者を信頼せよ」という考えが共通しています。

はじめの質問は一首のムードと引用したい言葉との語感の差を案じてのことでした。正確に引用したい、誤解を避けたい、その考えで引用であることを明示した上で引用部分は新かなのままとした。それはそれで正しい措置だと思います。

繰り返しになりますが、あくまで原則的には一首のかなづかいは、新は新、旧は旧で通すのがルールです。質問の場合は特例で、引用であることをカギカッコなどで明示すればかなづかいは原文のままがよい、ということになります。

とふ・てふ・ちふ

「肺癌といふ重き病に悩む友が貸したる金を返すとて来る」という歌を詠みましたところ、ある先輩が「こういう時は「肺癌とふ」とするのよ、きちんと五音に収まるじゃん」と言いました。私は百人一首の「恋すてふ」が好きなのですが「とふ」と「てふ」は同じですか。違うのですか。

（長野県　S・T　55歳　女性）

先輩の言われるように「といふ」を詰めて「とふ」とすることは古くから多くの例がありま す。他人から聞いた情報（伝聞）を詠み込む場合とか、不確定な内容を説明する時とかに使われます。現代かなづかいでは「とう」、歴史的かなづかいでは「とふ」と書きます。

大雪山の老いたる狐毛の白く変りてひとり径を行くとふ　　宮　柊二

これは「（狐がひとり）行くということだ」であって作者自身が見て詠んでいるわけではあ

りません。人から伝え聞いた内容です。「とふ」は古語辞典などでは上代に多く使われ、中世になると「てふ」が一般的となったとあります。そこで「恋すてふ」（恋をしているという）が著名となりました。近代現代短歌で『万葉集』の影響が強かった時期には「とふ」が優勢で、その傾向は現在までも続いています。しかし決して「とふ」ばかりではありません。「てふ」を用いたこの名高い歌はご存じのはずです。

蛍田《ほたるだ》てふ駅に降り立ち一分の間《かん》にみたざる虹とあひたり　　小中英之

「蛍田という名の駅に」で、この場合「蛍田」は作者にとっては、それまであまり親しみのなかった駅名なので「てふ」としたのではないでしょうか。

「とふ」も「てふ」も生まれた時代が違うだけで、意味は同じです。ですからどちらがよいとかまさるとかは言えません。作者がその歌にふさわしいと思う形を選べばよいのです。先輩の言われる通り、たしかに「といふ」を「とふ」にすると、一音少なくなりますから、歌を短くまとめるためにはやや有利ということです。

めずらしい例として「ちふ」を使った人もいます。「ちふ」も古語辞典には出ています。「てふ」も「ちふ」も現代かなづかいでは「ちょう」です。

須賀川の牡丹の木《ぼく》のめでたきを炉にくべよちふ雪ふる夜半に　北原白秋

この「ちふ」は難しい。「この立派な牡丹の木を炉にくべなさいとでもいうように」つまりそのくらい寒いということでしょうか。

「とふ」も「てふ」も同じで多く使われています。が、現役の歌人の中には少数ながら「とふ」も「てふ」も歌が古めかしく感じられて好ましくない、字余りになっても「という」とするほうがわかりやすい、という人もいます。それぞれ考えて下さい。

地名・人名

ある雑誌で気になることがあります。それは歴史的かな使いで書いている人の歌なのですが「いわき市」を「いはき市」と書いているのです。私はやはり「いわき市」と書くのが正しいと思うのですが。また女子の名で「かおる」「かほる」「かをる」はどう考えればよいのでしょうか。

（福島県　K・K　67歳　男性）

お尋ねの「いわき市」は法令で定められた地名ですから、現在は「いわき市」とすべきで「いはき市」はあり得ません。地名は法令で定められた通りに従うのが本来です。

但し歴史的な変化を内容とする歌で、旧かなや旧地名で詠まなくてはならない場合もあります。その場合は事情を「注」で示すような配慮があるのが望ましいところです。

また地方によっては読み方が違うことにも注意が必要です。例えば東北地方では「町」を「ちょう」と発音する例が多く、反対に、西日本では（すべてではありませんが）「町」は「まち」と読む例が多くみられます。従って歌に詠む場合は、一応現地に確かめるのが望ましいところです。

さらに紛らわしい例として次の都市に振り仮名をつける場合に注意が必要です。「沼津」「宝塚」「舞鶴」など、これらは「ぬまづ、たからづか、まいづる」が正しく、「ぬまず」「たからずか」ではありません。「ず」と「づ」は間違いやすいので気を付けましょう。それぞれ理由があるのですが省略します。

次に困惑するのが人名です。人名はその人の戸籍に従うのが原則ですが、文字については常用漢字・人名用漢字に含まれている文字ならばそれぞれの「読み」で読んでよいので、人それぞれ、勝手な「読み」を当ててかなりの無理が横行しています。自分の名は大切なもの、戸籍通りに読むとはいうものの問題は深刻です。

お手紙の名前は、命名された以上は、勝手に改めることはできません。本来のかなづかいを言えば、「かおる」は現代かなづかいならば「かおる」。旧かなづかいならば「かをる」が正しい表記です。「かほる」は命名者の好みで決めた、ということになりましょうか。

人名や地名といえば、外国の地名や外国人の名前も気を使わなくてはなりません。特に第二次大戦の前と後とでは表記がかなり違います。

ヴァン・ゴオホつひの命《いのち》をはりたる狭き家に来て昼の肉食《にくを》す　斎藤茂吉『遍歴』

今なら「ファン・ゴッホ」ですむところ、旧仮名使いでは「ウ」に濁点をつけて原音に近い音を表そうと苦心の跡が窺われます。

ウヰスキーを墓にも注ぎ吾も飲み春日うすづく頃とはなりぬ　宮柊二『忘瓦亭の歌』

この「ウヰスキー」は戦前の慣用、正しい文字使いというより、年配の人には懐しい表記です。作者は若き日のムードを懐しんでいるということでしょうか。

オノマトペ

ある会で「じょばじょば水かけ心は霽れぬ」という歌を出しましたら「じょばじょば」が下品でよくないと不評でした。いかがなものでしょうか。

（埼玉県　F・W　56歳　女性）

下品だと言われた意味がよくわかりませんが、推察を加えてお答えします。「じょばじょば」のように実際の音や声や姿などを作者の感覚で工夫しそれに近い言葉や似たような言葉で表わすとき、それらを古くは擬音、擬声、擬態語と言い、最近はオノマトペ（もとはフランス語）ということが多いようです。

ご存じと思いますが、あることを何かに譬えてわかりやすく、またはより効果的にいう技法を比喩と言いますが、オノマトペはその比喩の一つです。

昔は犬の吠える声はワンワン、ピストルの銃声はズドンなどと言い慣わされていましたが、現在はより実際に近づくような新しい擬音擬声語（キューン、バヒューンなど）が次々に現われ、華やかに使われています。あなたの「じょばじょば」もオノマトペの一つで、昔なら「じゃぶん」とか「ざぶざぶ」とか言われていたことでしょう。

それが下品かどうかは人の感じ方によって違いますから何とも言えません。また下品と言われても、下品な表現が歌の価値を下げるとは限りません。下げる場合もあればその逆もありまず。要するに一首の中で適切に用いられているかどうか、その歌に相応しいかどうかが問題です。

オノマトペの成功例とされている著名な歌を少しだけあげておきます。


君を打ち子を打ち灼けるごとき掌《て》よざんざんばらんと髪とき眠る　河野裕子

鐘りんごん林檎ぎんごん霜の夜は林檎のなかに鐘が鳴るなり　小島ゆかり

「ざんざんばらん」「りんごん」「ぎんごん」に注目してください。先例のない独創的なオノマトペです。オノマトペの魅力は新鮮で親しみやすい、リアルに感じさせる、リズムよく調べをよくする、など。反対に注意点は、描写を深めず、安易で軽薄な歌になりやすい。通俗的になる、など。

平凡でつまらないオノマトペの例をあげておきます。

・旗がひらひらなびく
・うっとりと聞き入る
・酔ってふらふら歩く
・鳶がくっきり輪を描く

皆さんも幾つも思い浮べられますね。これらの表現は先人たちが長い時間をかけて使ううちに一般に広がり、みんなの表現として定着したのです。しかし短歌は個の表現です。使い古された言葉に安易によりかからずに、ここから一歩を踏み出すことが肝心。

写実優先の時代には、短歌の先輩たちはオノマトペを敬遠する傾向がありました。三島由紀夫はオノマトペを使うのは、描写力のない未熟な作者のすることだと、手厳しく書いています。

オノマトペのプラスマイナスをよく心得た上で、新しいオノマトペを生み出してください。

六十路三十路

「姑《はは》送り病む夫《つま》抱へ五年経ぬ我の六十路《むそぢ》も過ぎ行かんとす」この年齢になりますといろいろなことが重なります。年末に詠んだ歌を友人に見せましたところ「この六十路はダメよ」というのです。「六十路」はいけないのでしょうか。

（千葉県　T・K　69歳　女性）

「六十路」がいけないのではなく、あなたの理解や使い方が正しくない、ということです。試みにしっかりした辞書で「むそじ」を引いてみてください。私の『広辞苑』には見出しとして「六十・六十路」があり説明に「①ろくじゅう。むそ。②六十歳」とあり、括弧つきで（ジは接尾辞）と添えてあります。ついでに「みそじ」を引けば「三十・三十路」の見出しで「①さんじゅう。みそ。②三十年。三十歳」とあり、同じように括弧で（ジは接尾辞、古くはミソチ）とあります。このあたり他の辞書もほぼ同じです。この「ジは接尾辞」というところに注目してください。念のために『岩波古語辞典』の「むそぢ」を見ると「六十歳」に添えて「ヂは数を示す接尾辞」とあります。

接尾辞とは語の末尾につけて意味を加えたり、品詞を変化させたりする語。深さの「さ」、君らの「ら」などです。

要するに「六十路」は六十歳ちょうどのことで「六十歳代」ではないのです。あなたは「六十歳から六十九歳まで」の意味と思っておられるようですが、それは誤解ということになります。「路」という字が宛てられているため、複数の年数を表わすと思われたのでしょうか。

しかし困ったことに世間では「六十歳代」という理解のもとに歌を詠み、文章に書き、会話に使っている例が非常に多いという事実があります。

とはいえ心ある歌人はそこを見定めて詠んでいます。よく見てください。

大正十三年文月七日に生れいでつ六十ぢへてわが臍の緒にあふ　　釈迢空『異類界消息』

「六十路」ではなく「六十ぢ」と表記しているところに注目してください。作者は「ぢ」が接尾辞であることをしっかり意識して、あえて「六十路」という俗な表記を排除したのだ、と私は解しています。もう一例挙げておきます。

ここのそぢ共に越え二つの姉なるを安らぎとして有り経しものを　土屋文明『青南後集』

亡くなった妻を悼む歌です。「ここのそぢ」は「九十歳」のこと。「九十路」と表記せず、ひらがなにしているのも「ぢ」が接尾辞であることを作者ははっきり意識しているからだろう、と思われます。

一字あけの是非

一首の歌の途中で、一字分あけるのはいけないことでしょうか。ある大会の選者が一字あけのある歌は決して採らないと言われたのを聞きました。所属結社では本社の先生は漢字が続くような時などはあけたほうが良いと言われます。が支部の先輩の中には絶対に許さないと怒りをこめて言う人もいます。どう考えればよいのでしょうか。

（T・K　大阪府　年齢不明）

この欄でたびたび言いますように、短歌の表記について、こうしてはならぬとか、こうせよという規則はありません。原則として表記は作者の自由です。例えばかなづかいの新旧、用語や使用する漢字の新旧、歌のどこかをあけるかどうかなど、まずは作者の意思が尊重されるべきです。しかし作者の自由だとはいっても、雑誌や新聞などには、それぞれの立場や編集方針があり、制約を受ける場合もあり得ます。まず一般的には理由なく個人が個人の表記に強制を加えるのは好ましいことではありません。

一字あけを好まない人はいわば伝統尊重派です。和歌は古来、句読点や濁点を加えずに書かれていた、という事実に基づくものと思われます。句読点を施したり、改行したりするのは明治以後の歌人が始めたこと。和歌・短歌は、その歌を耳で聞き、文字に書いて理解しあったのが本来の姿だ。平安朝の物語などにも句読点はない。それを読む女官も、聞く姫君もそれをそのまま理解できた。句読点や濁点などなくてもわかる人にはわかる。作者と読者に信頼関係があれば一字あけたり点を打ったりする姑息な手当ては必要ない。読者を信頼せよ。という考え方でしょうか。

これに対し、現代的表記派は、作品は読者に理解されてこそ存在の意味をもつ。作者の感動をより正確に、より効果的に伝えるためには最善の表記を考えるのは作者として当然の仕事である。句読点が必要なら使えばよいし、一字あけたいところはあけてもよいではないか。見た目のことではなく、韻律の上で一字あけが必要、という考えもありましょう。

思ひ草繁きが中の忘れ草　いづれむかしと呼ばれゆくべし　齋藤史『秋天瑠璃』
水ぬるむ三月の池　水はつねに〈水〉の分身として光りをり　高野公彦『水行』
子に送る母の声援グランドに冴せり　わが子だけが大切　栗木京子『綺羅』

手元にある資料から一字あきのある歌を並べてみました。この一字あきが効果をあげている、という意見もあれば、反対にあけなくてもよい、など人によって考えはさまざまでしょう。解釈も鑑賞も読者の自由です。私の見るところこれらの歌の一字あきは作者それぞれの考えによって生まれたもので、少なくとも必要なしとは言えない、と思われます。

ところで表記は作者の自由とはいうものの、みだりに奇を衒い、一字あきや記号を乱用するのは慎みたい。漢字が続くからとか、誤読の恐れがあるからなどという便宜的な理由は軽蔑されるだけ。歌の内的必然性によって決めるべきです。これから先は個々の歌の評価に関わりますので、この辺までに止めます。

題詠の効用

私はある短歌教室で勉強しています。もうすぐ一年になるのですが、この間先生が「今後は一回置きに題を出すので、その題で歌を詠んでくるように」と仰るのです。同じ会の古い人は「題詠なんて昔の方法だ。今時おかしい」と不満をあらわにしています。どう考えたらよいのでしょう。

（長野市　T・K　57歳　女性）

題詠は遠い昔から行われています。『万葉集』にも題詠に近い例がありますが、盛んになったのは平安朝以後です。あらかじめ設けられた題に添って歌を詠むこと。その慣例が長く行われ、明治時代になってからも続けられました。しかし江戸時代の半ばころから題詠を疑い「歌は折に触れ、実感実情を詠むべきだ」という意見が強くなり、さらに明治時代に入ってからは正岡子規の「写生」説によって一層力を増すようになりました。

確かに題詠の難しさは若い人ほど痛切に感じていたようです。明治の中期、旧派の和歌を詠んでいた人は「恋の経験のない少年が「忍ぶ恋」などの題で詠むのは何とも無理だった」と早くから題詠を否定する考えを述べています。

こうして近代短歌では、題詠は否定されるのが常識とされてきましたが、現代はまた違う意味で題詠が見直されているのも事実です。

題詠の難点は、題を与えられたためにその題が気になって、ありきたりの型に陥りやすく、形式的な歌が続出してしまう恐れがあります。題そのものが「水辺の柳」とか「帰る雁」など昔ながらの形式的なものも多かったようです。

しかし一方、同じ題で複数の人が歌を詠むことによって、自分一人では気づかなかった未知の表現を他者の歌から学ぶことができます。もちろん類想の危険はありますし、流行に左右される恐れもありますが、それは本人の自覚によって克服できることです。

次の三首は題詠ではありませんが、同じ「いのち」という言葉を使っています。同じ言葉を使っても、表現によって歌がこれだけ違うという例として検討して下さい。

命すぎ何をつくろはむこともなし皮をはぎ肉をすて骨をくだけよ　土屋文明

ひとついのちここに終りし空間の奇妙に明るき空ベッドあり　齋藤　史

あとさきと言へ限りあるいのちにて秋分の日の日裏日表　春日井建

近代短歌は現実を重視し、実感を尊重するという思想が根底にありました。しかし題詠を試みようとするのは、実感はさておき、表現を重視し、表現の多様性や可能性を探る、という働きもあると言えるのではないでしょうか。

どちらがよいとか、好ましいなどという問題ではなく、ともに作者自身の短歌のありかたを考え直すヒントになることです。

何よりもまず、古いの新しいのという前に、題詠を命じられた先生の考えをしっかり聞いて、その意図をよく理解し把握するのが第一です。

「散文的」とは

歌会の折、自分の作品が「散文的だ」ときびしく指摘されました。短歌の基本である定型や調べなどには気をつけて歌を作っているつもりです。「散文的」とは何をさしているのでしょうか。

（福島県　S・Y　58歳　女性）

「散文的」は最も多く使われる批評用語の一つです。同じような例に「報告的」「説明的」などがあります。短歌は散文ではなく韻律をもった詩です。従ってある歌を「散文的だ」というのは、それが短歌らしくない、つまり韻律の整っていない詩だということです。

実際の例歌がないので話はしにくいのですが、実は「散文的」という批評そのものが、使う人によって内容はさまざまで、誤った解釈もあれば浅薄な見方もあります。歌をよく読んだ上で、その批評が正しいかどうかを考えることが大切です。例えばある会の応募作ですが、

・バスに乗り席を譲られ座る時その人見ればやはり白髪

この歌は普通の出来事を文にせずに三十一音にまとめただけ。内容も平凡、言葉にも響くものがなく、リズム感も乏しい。こういう歌は「散文的」と評されても仕方がないでしょう。

しかし奇妙なこともあります。ある本を見ていると次の歌を「散文的」と書いてありました。

ボールペンはミツビシがよくミツビシのボールペン買ひに文具店に行く　奥村晃作

有名な歌です。しかし、私の見るところ、これは「散文的」ではなく、立派に韻律性をもった歌です。素材が珍しいとか、字数が多いからといって「散文的」とは言えません。その歌に

韻律性があるかどうかを鑑別できない人には「散文的」と見えたのかも知れません。
もう一つ、大事なことを加えておきます。「散文的」という批評用語は本来は貶すための言葉ではありません。確かに世間には韻律性の乏しい、平板に言葉を並べただけの歌が多いのは事実です。しかし「散文的」にはもう少し深い意味があるのです。近代短歌、とくに大正から昭和にかけて、窪田空穂や土屋文明などによって、短歌に散文の要素を取り込み、社会性や批判性、物語性などを生かした名歌が数多く詠まれました。

とぼとぼとのろのろとふらふらと来る人らひとみ据わりてただにけはしき　窪田空穂

吾が見るは鶴見埋立地の一隅ながらほしいままなり機械力専制は　土屋文明

空穂は大正十二年、関東大震災の現場で見た被災者の姿。文明は昭和八年「鶴見臨港鉄道」の中の一首。ともに従来の短歌の常識を超える歌で、その後の散文論議のもとになりました。散文に接近することによって短歌の可能性が大きく拡がった歴史的事実を見逃してはなりません。「散文的」という言葉を貶し言葉としてのみ軽率に使うのは慎みたいものです。正しい意味を求めて苦しみ調べることこそ勉強です。

文語と口語（1）

先日ある歌会で「まっさらな青き空より降るひかり子ら声あげて浜辺を駆くる」という歌を出しましたら先輩の長老から文語口語の混用はよくないと言われました。私は文語と口語の区別など知らないのですがどういうことなのでしょうか。

（長野県　H・K　54歳　女性）

今は文語だの口語だのと言いたてる人が少なくなりました。何十年か前までは文語口語の混用はよくないときびしく咎められたものです。

それはさておき、この歌では「まっさらな」が口語で「駆くる」が文語です。この歌を口語で通すなら結句を「駆ける」とすれば解決しますが、文語で揃えるのは難しい。初句の「まっさらな」にぴったりの文語はありません。「まさらなる」は少し苦しい。

さてそこで文語と口語のこと、歌人の心得として理解しておくほうが良いと思いますのでこの機会に簡単に見ておきましょう。

現代短歌は口語と文語とを併用しています。文語体とは「主に文章に使われる文体」と辞書にあります。

生き物をかなしと言いてこのわれに寄りかかるなよ　君は男だ　　梅内美華子

この歌、前半はほぼ文語で詠まれているようですが後半は口語的な表現になっています。上の句の「かなし」は文語、「言いて」も文語です。一方「寄りかかるなよ」と「君は男だ」は口語的な表現です。また「かなし」「言いて」を口語的に言うなら「かなしい」「言って」となるはずです。つまりこの歌は一首の中に文語と口語とが両方使われているわけです。

おそらく作者は文語だの口語だのと意識せずにこの歌をまとめたのだろうと推察されます。いまはこの混用が常識のように多く行われています。しかもそれは咎めるべきことというより、当然のこととして一般化しているのが現状です。

実作の上では、そこに捉われて迷うよりは作者の心に発したリズムをもって詠むべきで、一首の歌が文語で出来ているか口語が多く使われているかは出来上がった歌を見てから検討すべきことなのです。口語があるからいけないとか、文語が多いからよくないなどという批評は結果論に過ぎません。

もちろん文語の歌は一首全体が文語で貫かれているほうが読んで美しいし、口語の歌は口語でまとまっているほうが読みやすいことは確かです。が、それは絶対的なものではなく、内容・使われ方によって考えるべきことです。

本来はすべての作者が文語口語の成り立ちをしっかり摑み、その上で混用する、というのが望ましいのですが、それはまず叶わぬ願いです。文法があって歌が生まれるのではなく、多くの歌や文章があって整理されたのが文法です。文法の背後には、日本の言葉を大事にしてきた先輩方の努力と研鑽があります。それを顧みることなく、現在の都合で勝手な姿で「現代短歌」などというのは不遜なことだと私は憂いています。

話をもとに戻します。手早くいえば今は文語体と口語体の混用の時代であることを認めて、そこから出発する、というのが原点です。

出来上がった歌そのものを読んでみて、その調子が何かおかしい、と感じたら、そこで初めて文語と口語混用が原因ではないか、などという反省が出てくる。それが批評の順序であると私は考えます。

文語と口語（2）

前回、文語の歌と口語の歌について解説がありましたが、なおよくわからないところがありますので、実際の歌を見て頂いて考えたいと思いました。ルール違反かも知れませんが、歌をお送りします。直すヒントだけで結構です。

・踏みにくき急な石段下り行くと白き滝見え神の滝見ゆ　（岩手県　R・T　88歳　男性）

滝の歌ですね。どこの滝かわかりませんが、熊野の那智の滝にもこれに近い情景が見られます。この歌、「急な」、「下り行くと」は口語。しかし「踏みにくき」は文語、「白き」「見ゆ」も文語です。前回ここに書きましたが、口語文語の混用そのものがいけないということではありません。一首を読んで不自然を感じた時に、なぜだろう、と考える、それでよいのです。

さて、右の歌、しっかりしています。しかし一箇所問題あり。わかりにくい箇所は真ん中のところです。上から見てゆきましょう。先ず上の句。「急な石段下り行くと」は、少し短歌を詠んだことのある人なら「下り行けば」というフレーズがすぐ浮かぶはずです。理由はともかく、この場合「行けば」のほうがよさそう、と思う人が多いのではないでしょうか。確かに私も同感です。

そして下の句、これが難しい。どういう変化が考えられますか。ここは人によっていろいろ違う案が出るはずです。

第四句と第五句の動詞を少しだけ変える。「白き滝見ゆ神の滝見ゆ」。繰返しを強調として認めるか、調子にのりすぎとして嫌うか。意見は分かれましょう。また、変化としては四句、五句の順序を変えて「神の滝見ゆ白き滝なり」という案も出ましょう。ほかにもいろいろ意見は出るはずです。

要するに文語か口語かということよりも一首の意図やリズムをどのように整えるか、が問題で、その語が文語か口語かは後でゆっくり考えればよいことです。

次にここで先ほどの「下り行くと」と「下り行けば」の違いを見ることにしましょう。「下り行くと」の「と」は文法的に言うと「それに伴って後のことが起こること」で、「下へ降りてゆくと滝が見えた」となります。ごく自然な形ではあります。これに対して「下り行けば」の「行けば」の「行け」は已然形。これに「ば」がつく形を文法では「確定条件」と言います。形としてはこちらが正当です。

意味は口語も文語もほとんど同じと言ってよいのですが、実は微妙に違うのです。その違いが感じられる方はどうか「下り行けば」を採用してください。

もう一つ、口語と文語で混乱しやすい例をあげておきましょう。有名な若山牧水の次の歌。

幾山河越えさり行かば寂しさの終てなむ国ぞ今日も旅行く

右の歌での「越えさり行かば」が、もし「越え去り行けば」だったらどうなりましょうか。実は厄介なことに「越え去り行けば」は口語にもある形で、口語では「越え過ぎて行くと」という意味になってしまうのです。しかし牧水は「もし越えて行ったならば」と仮定の形で詠んでいます。つまり原作の牧水は「仮に」という形で詠んでいるのに口語の「行けば」にすると「越えて行くと」ということになり、原作の心のうちの漂泊の思いが消えてしまいます。ということで、作者の心はどうしても「仮定」の形でなくてはならないのです。たった一字の違いで作者の心と遠くなってしまうおそれがあります。

このように文語的表現と口語的表現は、ともすれば混乱を招くことがあります。気をつけたいことです。

本歌取り

友人でパソコンの達者な人がいます。私とは短歌のことをよく語り合うのですが、最近驚いたことがあります。というのは、彼女はいろいろなすぐれた歌集を図書館から借りてきて、そのなかの気に入った歌の語句を幾つも幾つも自分のパソコンに取り込み、自分の歌に使っているようです。本人は「本歌取り」だから佳いのだというのですが、私はこれは「本歌取り」とは言えない。むしろ盗作じゃないかと疑問なのですが、いかがでしょうか。

（長野県　Ｋ・Ｓ　77歳　女性）

実際の例を見ないと何ともお答えはできません。程度の差こそあれ、こういう際どい「作りもの短歌」は昔からよくありました。初歩的な盗作は用語、つまり特定の語を別の語に差し替えることによって開始されるようです。

「この味がいいね」と君が言ったから七月六日はサラダ記念日　　俵　万智

一世を風靡したこの歌以後、「七月六日」を「三月三日」や「四月一日」にしたり「サラダ記念日」を「オムレツ記念日」や「肉じゃが記念日」にする人もいました。このあたりはまだ幼い歌で誰にでもわかりますが、次のような例になると考えさせられます。実際にある会で私の経験したことです。

新しき年の光は窓にさし籠の鸚哥は何を思える

どこかで読んだ歌だと気づきました。これはあきらかに宮柊二の次の歌の盗用です。

新しきとしのひかりの檻に射し象や駱駝はなにおもふらむ　　宮柊二『日本挽歌』

「檻」を「窓」にし、「象や駱駝」を「籠の鸚哥」に変えています。作者に注意しましたところ、作者は勉強のために自宅で試みていた習作を手違いで投稿してしまったと言うのですが、真偽はともかく、これが印刷公表されるとそれでは済みません。もう一つ例を挙げます。作者は別の人です。

はろばろとひろがる秋の草原に波の寄るごと霧迫りくる

これは長塚節の次の歌に似ています。同じく秋の霧の歌です。

はろばろに匂へる秋の草原を浪の偃《は》ふごと霧せまり来も

長塚節『長塚節歌集』

「に」が「と」になり、「浪の偃《は》ふ」が「波の寄る」、「来も」を「くる」にしています。しかし、定家が言っているように「本歌取り」は主題を変えよ、という戒めがあります。この歌は同じ秋でしかも同じ霧の歌ですから、定家の条件によると「本歌取り」とは言えません。定家の名前が出ましたので、ここで本来の「本歌取り」のおさらいをしておきましょう。

「本歌取り」は手早く言えば「先人の特定の歌の言葉を取り入れて作歌する表現技巧」のことです。これを言い始めたのが藤原定家、ある程度の「きまり」をしるしています。まず、対象とするのは「古歌」であること。次に「元の歌と主題を変えること。長さは、ほぼ二句か二句プラス三、四字まで、前の歌と位置を変えること」その結果、旧歌と違う新鮮な詩的な感のあること、などと記しています。

しかし現在の諸雑誌の動向を見ますと定家の記したルールに従っているのはごく少数で、多かれ少なかれ自分で調整して行っているのが実態だと思います。

ご質問の友人の作が「本歌取り」か「部分盗作」か実例を見ないうちは何とも言えません。しかしその友人は何のためにそういうフレーズを集めるのか。先ず何のために歌を詠むのか。その原点に立ち返ってお考え頂きたいと切に思います。

文法をどう学ぶか（1）

短歌を続けるには文法の勉強が必要と先輩から言われました。が、他の友人は今の短歌は文法など学ばなくてもよいのだ、とも言うのです。どう考えればよいのでしょうか。

（長野県　E・E　54歳　女性）

問題が大きいので少しずつお答えします。まず文法の勉強は必要です。しかしどのように学ぶか、そのほうが問題です。まず一口に文法と言っても、短歌の文法には口語文法と文語文法と両方に関わりがあります。ではその文法書を手元に揃えて最初から読み進めるか、それはかなり難しい。基本的なところからコツコツ勉強するのは確かによいことですが、実作の参考とするにはかなり根気が必要です。

やや便宜本位に傾く恐れがありますが、差し当り文語文法のほうから開いてみることをお勧めします。実作の上で迷ったり間違ったりするのは文語文法のほうが多いからです。

次にその文法書の編集にもよりますが、読むならば動詞、形容詞、形容動詞、助動詞など「活用のある語」を先に見て、続いて助詞に進む。第一段階としてここまでは辛抱してページをめくってほしいのです。これは優先順位のことで、他の章を読まなくてよいということではありません。

それから文法書にも大学受験用、高校受験用、などいろいろあります。選ぶならばなるべく実例が多く引用されているものが役に立ちます。たとえば大学受験用の文語文法書には『万葉集』、『古今集』、『新古今集』など古典和歌の用例が多く収められていますので、基礎を身につけるには有効だと思います。短歌関係の出版社から出ている文法書は、さすがに短歌の例が多く紹介されていて便利ですが、これも一長一短、内容によっては異説もあり、難しいところです。

文語文法の本が一通り終わったら、やはりここで口語文法の本を先程の文語と同じように、活用のある語から読んでください。このときは文語と口語がどのように違うか、また同じような語でも意味や変化が違う例があります。それを引用されている短歌を参照しながら読み比べてください。

文法書を読むのは辛抱が必要で、退屈になったり投げ出したくなることもあります。がそこが我慢のしどころです。

私は初心の頃、大学受験で使った新書判くらいの小さな文法の参考書を常に持ち歩いていました。用例は少ないけれどしばらくの間はこれで十分に役立ちました。分厚い本に越したことはありませんが、実作の時、また他人の作を検討する時など、作歌の現場では手軽に持ち歩ける小型本のほうが実用的です。

最後に「今の短歌」は文法を知らなくてもよいというのは俗論で、いつ、どのような時代でも、作品の背後には必ず語法の支えがあります。文法はたいせつなので、次回でも別の観点から話題にしたいと思います。

文法をどう学ぶか（2）

前回文法についての質問がありました。もう少し説明を加えようと思っていた矢先、次のような質問が飛び込んできました。

左記ご教示お願い申し上げます。見ゆる、見ゆ、見ゆるも。同じ見るにもこの三つの使い分けにより、歌にどのように関わるのでしょうか。文法にこだわらず作歌している者です。

（Y・Y　福島県　52歳　女性）

この質問には困りました。質問の意味が通じないのです。例にあげてある三つの語はみな文語の動詞「見ゆ」の活用です。ですから「同じ「見る」の使い分け」と言われますが「見る」と「見ゆ」は違う語であって「使い分け」る対象とはなりません。でも折角ですからここにあげられた三つについて言うことにします。

「見ゆ」は文語の動詞「見ゆ」の終止形です。次のように多くの例があります。

おもおもと雲せまりつつ暮れかかる伊吹連山に雪つもる見ゆ　斎藤茂吉

「雪つもる見ゆ」とあります。「伊吹の山々に雪がつもっているのが見える」という歌です。この歌は文語体で詠まれています。ここを口語ならば「見える」となるところですが「雪つもるが見える」では歌として成り立ちません。「見ゆ」は「目に映る」「見える」の意。きっぱり言い切った強さが感じられます。

雪いまだ残る山々尾根の上にかそかに見ゆる人影のあり　同右

この歌の「見ゆる」は先程の「見ゆ」の連体形です。このように「人影」や「花」「空」など名詞に続く時は「見ゆる」となります。名詞は文法の言葉では「体言」と呼ばれますので「見ゆる」は「連体形」と言われます。

もう一つの「見ゆるも」は右の連体形「見ゆる」に助詞の「も」がついた形、「見えることだなあ」という程度でしょうか。

「見ゆ」は前後の関係で次のように変わります。これを「活用」と言います。「見えず、見えたり、見ゆ、見ゆる時、見ゆれば、見えよ」。つまり「え、え、ゆ、ゆる、ゆれ、えよ」と普通の人は覚えます。この程度は学校の国語の時間で教えられたはずですから「知らない」というのは歌人としては恥ずかしい。

はじめに書きましたように「見ゆ」と「見る」は別の語です。「見ゆ」は文語にしかありませんが、「見る」は文語にも口語にもあります。

歩きつつふりかえりつつ見る桜こうしてみれば他人の桜　　沖ななも

ここの「見る」は文語ではなく口語です。「見る桜」と桜に続いています。桜は名詞ですから、この「見る」は連体形です。前にあげた文語の「見ゆ」をもし桜に続けようとするなら「見ゆる桜」とするのが文語文法に叶った表現です。

文法は古典から現代までの多くの作品（文章も短歌も）を先人が精密に研究し整理して、標準的なルールを定めたものです。文法が先にあるのではなく、多くの作品があって整えられたのが文法です。そこをしっかり理解してください。

memo

参考になったことをまとめましょう。

Ⅳ　歌を深める

『万葉集』の読み方

元号が「平成」から「令和」になりました。この語の出典は『万葉集』だと報じられていますが、私はまだ読んだことがありません。歌は約四五〇〇首入っているということですが、どのように読んで行けば良いのでしょうか。

（福井県　A・K　77歳　女性）

短歌を詠むからには『万葉集』は必読文献、是非読んでおくべき歌集です。読み方は人によって違います。それぞれの人に合った読み方でよいのです。決まった順序などありません。ただし、ご承知のように四五〇〇首の歌を短時間で読み通すのは不可能と言ってもよいほどです。ここでは幾つかヒントを記すにとどめます。

①　巻五から読む。折角元号が変わったのを機会に思い立たれたのですから、そのもとになった出典から読み始める。

巻五の後半に「梅花の宴」があります。最初に長い漢文の序があり、そこに「初春《しょしゅん》の令月《れいげつ》にして、気淑《よ》く和《やわら》ぎ」という一節があります。これが「令和」のもとです。

この序の筆者は大伴旅人、地方の長官であった旅人が家に花開いた梅を歓び、親しい人々を招いて花を愛で、歌を詠み合って楽しんだその日の様子です。歌は三十二首ありますが、その中から二首。

春さればまづ咲く宿の梅の花独り見つつや春日暮さむ　　筑前守山上大夫
わが園に梅の花散るひさかたの天《あめ》より雪の流れ来るかも　　主　人

前の歌は山上憶良、後の歌は大伴旅人です。なお、この巻には他に旅人の妻を悼む挽歌、憶良の「貧窮問答歌」、松浦佐用姫の歌などが収められています。

② 誰でもがする方法ですが、定石通り巻一から読む。そして少なくとも巻三までは通読する。額田王、中大兄皇子、大津皇子、高市黒人、志貴皇子、柿本人麻呂などここにあげきれないほど名歌とその作者の歌がひしめいています。

あかねさす紫野行き標野《しめの》行き野守《のもり》は見ずや君が袖振る　　額田王《ぬかたのおほきみ》　巻一
あしひきの山のしづくに妹《いも》待つとわが立ち濡れし山のしづくに　　大津皇子《おほつのみこ》　巻一

③　話題作の多い巻ごとに読む。初めのうち巻一、巻二は熱心に読みますが、疲れると途中で投げ出してしまう人がいます。そこで例えば巻八、巻一四、巻二七以下など内容によって読む順序を変えてみる。

巻八は天平年間の歌が多く、時代の推移を歌によって知ることができます。巻一四は東歌、防人歌などがまとめられ、巻二七以下は大伴家持中心の様相を呈します。通読の半ばでこういう変化を見るのも一案になりましょうか。

要するに『万葉集』に限らず、古典の歌に接するのは、即効薬のようには行きませんが、後日必ず思い当たる時が来ます。辛抱して読み続けてください。

古典和歌のすすめ

歌を詠み始めた頃、先輩から『万葉集』は必ず読め、と言われました。ところが最近『万葉集』だけでなく『新古今集』も読まなくてはいけないと言われました。が、その先輩が最近病気になり、みだりに質問できない状態なのです。どのようにすればよいのでしょう

か。またその歌集はどのように読めばよいのでしょうか。（岐阜県　K・R　75歳　女性）

読書指導をして下さる先輩がおられるのは幸せなことです。病気なら仕方ありません。指示された歌集に関連して私の参考意見を記すことにします。

読むべき歌集として『新古今和歌集』の名があげられていますが、実はこれに限らず知っておいて頂きたい著名な古典和歌集は数多くあります。今回はそれらの一部を紹介します。

先ず『万葉集』に続くものとして「八代集」を記憶して下さい。列記しますと「八代集」は『古今集』、『後撰集』、『拾遺集』、『後拾遺集』、『金葉集』、『詞花集』、『千載集』、『新古今集』などの八歌集です。これらは長く和歌史の規範とされてきました。また右のような「勅撰集」のほか、著名な歌人の歌をまとめた私歌集も多く伝えられています。ここでは先ず八代集の歌から。著名な歌を幾つか紹介しておきます。なおこれらの歌集は正しくは『新古今和歌集』などというのですが、ここでは煩雑になりますので「和歌」は省略させていただきます。

ひさかたの光のどけき春の日にしづ心なく花の散るらむ　紀友則　古今集

花の色は移りにけりないたづらにわが身よにふるながめせしまに　小野小町　古今集

筑波嶺の峰より落つるみなの川恋ぞつもりて淵となりぬる　陽成院　後撰集
小倉山峰のもみぢは心あらば今ひとたびのみゆき待たなむ　藤原忠平　拾遺集
あらざらむこの世のほかの思ひ出にいまひとたびのあふこともがな　和泉式部　後拾遺集
夕されば門田の稲葉おとづれて葦のまろ屋に秋風ぞ吹く　源経信　金葉集
いにしへの奈良の都の八重桜けふ九重ににほひぬるかな　伊勢大輔　詞花集
ほととぎす鳴きつる方をながむればただ有明の月ぞ残れる　藤原実定　千載集
心なき身にもあはれは知られけり鴫立つ沢の秋の夕暮　西行　新古今集
春の夜の夢の浮橋とだえして峰に分るる横雲の空　藤原定家　新古今集
玉の緒よ絶えなば絶えねながらへば忍ぶることの弱りもぞする　式子内親王　新古今集
きりぎりす鳴くや霜夜のさ筵にころも片敷きひとりかも寝ん　藤原良経　新古今集

いずれも有名な歌ばかりです。特に最後に並べた四人は『新古今集』の中心と言ってよい人たちです。歌集全体はかなり膨大ですから、先ずこの四人の歌から読みはじめるのも一案です。

これらが現在、実作にすぐ役立つことは少ないとは思いますが、知っておくと思わぬところで助かることもあります。

私自身の経験では歌を詠む上で「調べ」または「リズム」というか、文字や形とは言えないものが体の中にできて行く。何かの弾みに歌が生まれてくることがあります。説明はしにくいのですが、この身のなかにいつとなく生まれる「調べ」または「リズム」が「歌」のもととして働くのです。

手始めに、右に挙げた歌のなかからどの歌でもいいから音読してみて下さい。どんな調子でもいい、これらの歌を声に出して読んでみる。楽譜があるわけではありませんが、普通の文章を読むのと違った味があるはずです。

さて短歌は、明治に入って大きく変わりました。ここに挙げた平安時代の歌と与謝野晶子や北原白秋ら明治時代中期の歌と比べて見ると、それぞれの違いは多くの方が納得されることでしょう。

やは肌のあつき血潮にふれも見でさびしからずや道を説く君　　与謝野晶子『みだれ髪』

春の鳥な鳴きそ鳴きそあかあかと外《と》の面《も》の草に日の入る夕　　北原白秋『桐の花』

そして現代です。三十年ほど前に大きな話題となった歌を読んでみましょう。

「この味がいいね」と君が言ったから七月六日はサラダ記念日　俵万智『サラダ記念日』

そして最後につい先々月、本紙（「現代短歌新聞」七月号）で入選した歌から二首を並べてみます。繰り返し読むうちに、歌の変化、歴史を感じて頂けましょうか。今回はたまたま『新古今集』が手掛かりになりましたが、短歌の背景にはこういう大きな流れがあることを察して頂ければ幸いです。

まろき背を少し伸ばせと当てくれる泰山木の葉のやうな手で　畠山みな子　宮城県

光射す如きひととき紅あずまの苗五十本届きたる午後　武藤敏子　宮城県

百人一首は？

私は「百人一首」が好きで、毎年正月には家族・友人集まって楽しくかるた取りを楽しんでいます。歌を詠むときも時々百人一首の歌を思い出しながら書くこともあります。しかしある友人が「百人一首」なんて古い、現代短歌には有害だというのです。私は「百人一首」の歌や語句を自作に使ったりしたことはありません。「百人一首」は参考にしてよいのでしょうか。

（神奈川県　K・K　77歳　女性）

ご質問の内容がよく摑めないのですが、友人はあなたのどういう歌がいけないというのでしょうか。基本的なことを言えば、歌を詠む人は何を参考にしても自由です。以前記した『万葉集』でも『古今集』でも「百人一首」でも同じです。あなたが自分の歌に「百人一首」の何かの歌のフレーズをそのまま使ったりするのは論外ですが、多く読み親しんで暗示を得るのは何でも同じ、むしろ褒めてよいことかも知れません。

昔話になりますが、第二次大戦中、戦地に赴く学徒兵士のなかには『万葉集』を携えて行く人が多かったと伝えられています。また明治時代の女学生には「百人一首」のかるた取りは日常茶飯事の遊びで楽しかったと私の母からは聞いています。つまり時代によって愛読書や参考書がかわるのはごく自然のことで、作歌のきっかけは人によってさまざまなのです。

古くは落語や講談で「百人一首」が盛んに援用されていました。崇徳院の「瀬をはやみ」などその代表的な一首です。近年は驚くことにコミックにも盛んに登場しているようです。

瀬をはやみ岩にせかるる滝川のわれても末に逢はむとぞ思ふ　崇徳院

吉海直人著『百人一首への招待』には、大和和紀『はいからさんが通る』をはじめ、藤原栄子、新井素子、里中満智子、北条司らによる「百人一首」を扱った数編の作品名が紹介されています。短歌がいろいろなジャンルで紹介されて行くのはありがたいことには違いないのですが、それが今後どのように展開するのか、今のところ私には発言できません。しかし「百人一首」が広く話題になるのは嬉しいことで、今後に期待するとだけ言っておきます。

ところで「百人一首」と現代短歌との関係を研究している人がいます。その人は、現代短歌は「百人一首」の「調べ」と「リズム」にもっと学ぶべきだと言っています。「百人一首」の生命力は音読、つまり声に出して読まれることをベースに置いて伝えられてきた。この「声」に出して歌を読み鑑賞する、つまり「音読」の長所を強調することこそ黙読に偏り過ぎた現代短歌に反省を促すものだと。

多くの例が挙げられています。特に歌の冒頭部分に注目せよと言っています。「百人一首」には「あ」音で始まる歌が十六首（十七首ともいう）ある。これは歌の音読の上でたいへん意味のあることで、大きな効果をあげている。歌はすべて記さなくても、「あ」「か」「さ」「た」「な」「は」「や」「わ」など「ア」列の音で始まる歌が多いことに注意を喚起しています。

また別の例として次の二首をあげています。

あらざらむこの世のほかの思ひ出にいまひとたびの逢ふこともがな　和泉式部

ながからむ心も知らず黒髪の乱れて今朝は物をこそ思へ　待賢門院堀河

この二首の初句の呼びかけは歌全体を引きしめ、一首のリズムを規定していると記しています。その当否は諸説あると思いますが、傾聴に値する意見と思います。

ここに記したのは一説に過ぎませんが、作歌のきっかけは人さまざま、その一つとして「百人一首」もその存在を主張していることをご紹介しておきます。

歌合せとは

最近テレビや雑誌などで大学生や高校生による「歌合せ」のような催しに気づきました。

「大学対抗超歌合せ」「短歌甲子園」などと言って、ゲームのようで楽しそうです。友人に聞くと「歌合せ」は昔からあるもので、今のとは違うとのことですが、「歌合せ」とはどんなものなのですか。勝ち負けがあるそうですが、どういう歌が勝つのですか。

（兵庫県　N・K　58歳　女性）

「歌合せ」は平安時代に始まり長く続けられてきた文学上のゲームです。簡単に言えば、歌人が右と左とに分かれ、それぞれ一首の歌を出して優劣を競います。時代によってさまざまな形があり、変化もしました。

まず勝ち負けを判定するジャッジにあたる人を判者《はんじゃ》と言い、ほかに方人《かたうど》、講師《こうじ》、読師《とくし》などの役員がいたようです。判者は普通は指導者的な人が任じられ、勝、負、持（引分け）の判定を下します。複数の人が判者になることもあったようです。

判定の理由は「判詞《はんじ》」と言って記録されますが、時代が進むにつれ、その判詞に文学的な性質が加わり、心・詞・姿など創作態度や美意識（幽玄、艶）などが論じられ、「歌合せ」は単なる楽しみの競技ではなく、和歌の文学的な基盤を培う重要な意義をなすものとなりました。

「歌合せ」の盛んだった平安時代では、天皇や身分の高い人の主催する「歌合せ」に招かれることはたいへん名誉あることで、ましてそこで自分の歌が「勝」とされるのはきわめて誇らしいことだったようです。

「歌合せ」に関わる有名なエピソードがあります。

「百人一首」に収められている壬生忠見《みぶのただみ》の歌、

恋すてふわが名はまだき立ちにけり人知れずこそ思ひそめしか

これは「天徳四年内裏歌合」に二十番左として提出されましたが、これに対する右の歌は、平兼盛《たいらのかねもり》の次の歌でした。これも百人一首に入っている歌です。

忍ぶれど色にいでにけりわが恋はものや思ふと人の問ふまで

この二首はともにすぐれた歌で、判者藤原実頼《さねより》は判定に苦しみ、その挙句奥のほうを伺うと、御簾《みす》の向うの天皇が低い声で「忍ぶれど」と口ずさむのが聞こえたので、兼盛の歌の勝と決まりました。敗れた忠見はショックのあまり「不食の病」（食欲不振）となり、やがて亡くなった、という話（真偽はともかく）が伝えられています。

判定は判者の意見によりますから、歌の勝負のことは第三者には言えません。現代の評価として一例。

「内容は同じだが歌の調子としては忠見のほうが一筋に強くとおり、兼盛のほうは二句、三句で切れて曲折があり、ゆったりしている相違がある。歌合せの場にいずれがふさわしいかという点と、選ぶ人の好みによって、勝負がつくという結果になろう」（窪田章一郎）

現在の「歌合せ」は古典に依拠しながらやはり現代的な感覚で新解釈を施して行なわれているようです。

短歌と俳句

私は花鳥諷詠を尊ぶ日本伝統俳句協会に所属し、この五年ほど俳句を作ってきました。同時に短歌も作り、新聞歌壇に投稿していますが、先日そのことを句会で洩らしたところ、ある人から「短歌なんか作ったら俳句が上達しないよ」と諫められました。理由を訊ねると「短歌は季語がないし季節感が薄い」とのことです。二足のわらじを履いてはいけないないのでしょうか。また、短歌では花鳥諷詠は重視されないのですか。

（滋賀県　M・M　68歳　男性）

ご質問の趣旨がよく摑めないところがあるのですが、私なりに感じたことを記します。まずあなたは短歌と俳句の両方を作っておられるようですが、今後も続けて行かれるのかどうか。一般に、「二足の草鞋」はどっちつかずで好ましくない、といわれています。ともに浅い理解にとどまりやすいからです。また短歌は花鳥諷詠を重視しないのかどうか、と疑問を出していらっしゃる。ご質問の要点がずれていると私には思われます。伝え聞くところでは、お心を動かされた短歌（歌集）があったとのことですが、どういう短歌だったのか、伺いたいところです。それはさておき、ここでは基本的なことから記します。

両者の違いが一番わかりやすいのが詩形の長さです。短歌は五七五七七の三十一音です。それに対して俳句は五七五の十七音です。短歌は五七五のあとに下《しも》の句七七が続きます。俳句にはありません。いわば下の句七七の存在が短歌と俳句の違いが一番目立つところです。その七七について、俳句の人からは時折、冗漫だという意見が出ることがあります。一方、短歌の側からは、俳句は言うべきことを言わずに、物陰から発言しているようだ、と批判する人がいます。この程度の批評は、世間で冗談交じりによく言われていますが、ともに取るに足りない俗説です。

次に内容。あなたは花鳥諷詠を尊ぶと言われますが、例えば人間の生死や人生についてはどうお考えですか。

短歌には人の生死に関わる名歌がたくさんあります。

水まくらつめたきなかに目をあけば寒鮒と我は生れ変りゐる　稲森宗太郎
また来よと鶯鳴けり辛夷咲く湖北の寺に鎖《さ》されゐし錠　橋本喜典
このいまの病めるうつつを夢なりと覚めてよろこぶ命終《みやうじゆう》とせん　上田三四二

この三首の作者は自らの命の永くないことを知った上で詠んでいます。稲森は死後自身が寒鮒に生まれ変わるという発想。橋本は扉の錠が閉ざされていることから、自分の死が近いことを暗示し、上田はありのままの心境を坦々と述べています。また次の歌は自分の死ではなく、身近の人の死を見つめている状態です。

わが母を焼かねばならぬ火を持てり天《あま》つ空《そら》には見るものもなし　斎藤茂吉
たゝかひに果てにし子ゆゑ、身に沁みて　ことしの桜　あはれ　散りゆく　釈迢空
終りなき時に入らむに束の間の後前《あとさき》ありや有りてかなしむ　土屋文明

三首はいずれも自分の親しい人の死を悼む歌です。最初は母を火葬にする直前の息子の歌です。次は戦争で亡くなった子を悼む父の歌。最後は長年ともに暮らした妻に先立たれた夫の歌です。短歌の極限は「愛と死」だと言った人がいますが、まさにその通りです。

人の死に関わる歌を六首あげました。ここには季節に関わる語とか植物の名とかは問題外、当事者または近親の姿を中心に描かれています。歌の中心は作者の「こころ」。その「こころ」は親しい人との永遠の別れです。ある人は寒鮒、ある人は寺の錠前、夢とうつつの差などに求めています。対象が作者自身でない時は、率直に亡くなった人を歌の中に詠みこんでいます。

ここで明らかなように、短歌ではあなたの言われる「花鳥諷詠」は特に必要なものではありません。もともと「花鳥諷詠」は高浜虚子が一九二七年に俳句作法上の理念として掲げた教えで、短歌を詠むための言葉ではありません。短歌では何より大事なのは作者の「こころ」です。「こころ」の感じられない歌は、短歌としては低いものです。念のために申しますが、この「こ

ころ」は言葉としての「こころ」ではありません。作品となった歌に感じられるかどうか。作品の底にある「こころ」が問題なのです。

まとめ。短歌と俳句の二足の草鞋はなるべく避けた方がよい。また短歌と俳句の違いとして、字数（音数）、次に内容、そして素材、の三点をあげました。そして最も大切なこととして「こころ」が肝心であることを申しました。

更に言えば、短歌は作者の「こころ」を説明したり、論じたりするものではありません。「歌」は「詩」であって「理」や「論」ではないのです。何でも三十一文字に揃えれば、それが歌だ、というのは大間違い。右、念の為。

月の異称

現代の短歌で二月のことを「如月」という作品が多いのですが差し支えないものでしょうか。辞書で「きさらぎ」を引けば「陰暦二月の異称」とあります。陰暦の呼称と新暦（太陽暦）の呼称とは普通一ヵ月から二ヵ月近くのずれがあり、「きさらぎ」は現在の三月以降になる場合が多いと思います。それを今の季節感で使用してよいのでしょうか。私見では旧暦の異称をそのまま使っていいのは、季節感の特にない「師走」ぐらいではないかと思っているのですがいかがでしょうか。

（Y・T　長野県　77歳　男性）

月の異称はもとは中国や日本の古典から伝えられ、さまざまに変化したり加わったりして使用され、今日まで生き続けてきたものです。いわば貴重な文化遺産の一つです。また異称もさまざまで、例えば二月の異称は「きさらぎ」だけではありません。衣更着、梅見月、初花月、雪消月などみな二月の異称です。またご承知のように、十二月の「師走」や十月の「神無月」のように季節感によらない異称もあります。また七月は文月や文被月《ふみひらきづき》などが知られていますが、文月は稲の実がふくらむことから「ふふみ月」そして「ふみつき」「ふつき」になったとか、七夕で神にさまざまな文を捧げることから「ふみ被《ひら》く月」になったなど諸説あります。月の異称の多くは季節感が基本にあることは確かですが、季節感だけでできたものではないこと、それが第一点です。

それから古典の歌に用いられる言葉は、ほぼ奈良や京都を中心とする文化圏で成立したものが中心です。近畿の季節感と関東の季節感は同じではありません。その地その地の季節感が違うのは当然です。北海道の人の春と沖縄の人の感ずる春とは違います。ということから月の異称を季節感と常に結びつけて考えることそのものが無理、不可能になっているのが現実です。よって「きさらぎ」は現在の暦に従って二月に詠まねばならぬということはありません。逆に三月に「きさらぎ」の語を用いて詠んでも決していけないことはない。作者は「きさらぎ」を心に感じて違和感がなければそれはそれでよいのです。むしろ発音の響きや漢字の語感から異称を用いている人も多いのではないでしょうか。

月の異称を用いている実際の例を幾つかあげてみましょう。

きさらぎのちまたの泥に佇立《たたづ》める馬の両眼はまたたきにけり　斎藤茂吉

きさらぎのいくさに果てし我子の日も、知るすべなくて、四年になりぬ　釈　迢空

きさらぎの朝の光に降る雪の音をいひつつ行きし山道　安田章生

リラの花卓《つくゑ》のうへに匂ふさへ五月はかなし汝に会はずして　木俣　修

木染月・燕去月・雁来月ことばなく人をゆかしめし秋　今野寿美

水無月の青野にまじるしら百合のくつがへれるに冥府《よみ》の子おもふ　窪田空穂

木染月　ピアノの黒き鍵に置く指に爪あることなまなまし　栗木京子

「木染月《こそめつき》、燕去月《つばめさりづき》、雁来月《かりくづき》」はいずれも八月の異称。木の葉が染まる、燕が遠くに去る、雁が飛来する、これらを踏まえた表現です。
実生活の上の事実と、文芸上の真実とは常に一致するものではありません。それぞれの世界はそれぞれで成り立っているのです。

縁語とは

歌を始めて三年になります。「みどり濃き林に入りて立ち止まる耳痛きまで聞く蟬時雨」という歌を出しましたら、先輩から笑われ、「降る蟬時雨」にせよと。そして「縁語のことも知らないで作っているのか」と言われました。「縁語」とは何でしょうか。

（島根県　K・S　63歳　女性）

「蟬時雨」は蟬が多く鳴きたてるさまを時雨の音にたとえていう語です。「時雨」は雨ですから「降る」で受けるのが穏当ですね。
古典の例をあげれば「今はとてわが身時雨にふりぬれば言の葉さへに移ろひにけり」（小野

小町）があります。この「雨」や「時雨」の縁語が「ふる」で古くからの慣用となっています。「蟬時雨」を「聞く」というのは間違いとまでは言えませんが、歌を読みなれた読者は、あれ？と思うはずです。実作経験の乏しい作者の幼い歌、と評されることになりましょう。

「縁語」とは文字通り縁のある言葉、です。歌の中の語句に縁のある語を意識的に詠みこんで、二つの語を照応させ、効果を狙う技法のことです。縁語のような語と語との結びつきの関係を「コロケーション」ということもあります。

よくある例ですが「道草」は「食う」、「罠」には「かかる」と言うのが普通です。丁寧に言おうとして「道草を食べる」とか「罠に捕まる」などと言ったりすると物笑いの種になります。

縁語の例をもう少し。「青柳の糸よりかくる春しもぞみだれて花のほころびにける」（紀貫之）の場合、「糸」に対して「みだれ」と「ほころび」が縁語の関係にあります。「雪のうちに春は来にけりうぐひすの氷れる涙今や解くらむ」（二条后）は「雪」に対して「解く」（とける）が縁語の関係です。意味上の関係が歌の主旨と絡み合って全体を複雑にしたり、微妙な味わいを生み出すなどという効果があります（歌は三首とも『古今集』）。

しかし、こういう技法は古典和歌では常識でしたが、明治の和歌革新以降、つまり近代現代の短歌ではあまり使われないようになりました。縁語に拘りすぎると歌が理知に傾き、古めかしく感じられるからです。

　それでも縁語は長い和歌の歴史の波に揉まれ洗練された技法ですから、言葉の流れや選ばれた語のニュアンスには学ぶべきところは多々あります。現在も時折使っている歌人もいます。縁語に捉われ、殊更に多用する必要はありませんが、どういう例があるか、一応心得ておくのはよいことです（古語辞典などの巻末には主な例が出ています）。

声に出して読むとき

・この世にては逢ふことなけむ人なれど夢には出でむ出でし嬉しさ
ある短歌会で、右の歌を司会者が次のように読みました。

「コノヨニテワ、アウコトナケムヒトナレド、ユメニワイデム、イデシウレシサ」

出席者の一人として聞いていた私は「ナケム」「イデム」は「ナケン」「イデン」と読むのではありませんか、と質問したのですが、司会者は「まず原稿通りに読む。何が悪い」と取り合ってくれないのです。どう考えたらいいのでしょうか。

（大分県　Y・K　75歳　女性）

その会ではその後、どういう解説があったのか、これだけではわかりませんが、助動詞の「む」「なむ」「らむ」などは、音読するときは「ン」「ナン」「ラン」と発音されるのが通例です。『広辞苑』には「平安中期以後、発音に従って「ん」とも表記されるようになる」とあります。詳しい議論を省略して言えば、現在は助動詞「む」は原稿に「む」と書いてあれば「ん」と発音して読むのが常識です。もう一首あげます。

あらざらむこの世のほかの思ひ出に今ひとたびの逢ふこともがな　和泉式部

百人一首にも入っている有名な歌です。言うまでもなく「アラザラン」・「オモイデニ」・「オウコトモガナ」と読みますね。「逢ふ」は「アウ」と読む人もいます。旧かなづかいでは「思ひ出に」や「逢ふこともがな」のように書かれている文字と現在の発音とが違う例がいくつもあります。これは日本語だけではありません。外国語でも「NIGHT」や「KNOW」のような例があるではありませんか。

そこで、近代以後の歌人の例を見ましょう。

夕顔の棚《たな》つくらんと思へども秋待ちがてぬ我がいのちかも　　正岡子規『子規歌集』

子規は「つくらん」と「ん」を使っています。また、「思へども」の「へ」にも注意して下さい。

青玉のしだれ花火のちりかかり消ゆる路上を君よいそがむ　　北原白秋『桐の花』

ともに明治から大正にかけての歌集ですが、白秋は「いそがむ」と「む」を使っています。第二次大戦後、現代かなづかいが施行された後でも、歌人たちの中には在来の旧かなづかいを使う人が多く存在しています。

をりをりは舞ひあがる音《おと》もまじはりて夜《よる》の底ひに雪はつもらむ　　斎藤茂吉『白き山』

ばうばうと山鳩啼けり夏寒く終らむとして空の曇る日　　宮柊二『純黄』

茂吉の歌、「つもらむ」だけでなく「まじはりて」にも注意してください。宮柊二の歌の第一句「ばうばうと」の発音は「ボウボウト」です。もちろん「終らむと」は「終ラント」と読みます。戦後間もなく「現代かなづかい」が制定され、現在はこれがひろく用いられています。現在多く使われている発音と文字の表記とをできるだけ近づけようとする画期的な試みでした。が、多くの人が指摘しているように、矛盾点や疑問点がいくつも含まれています。

短歌は伝統詩とは言いながら、現代に生きている人の感情を表すもの、つまり、現代性をも表す詩形式です。ですから、短歌は伝統性と現代性という二つの重要な要素を抱えているためにいろいろな難題を背負って生きているわけです。ご質問は、直接的には助動詞「む」の問題でしたが、右に見るように短歌の基本にかかわる重要な内容をもつものでした。

音読できない歌

最近、書店で売られている短歌の本を買ってきたのですが、わからない歌が沢山あって困りました。世間の人は皆わかっているのに私だけがわからないのか、不安になりました。例えば次の歌、英文や記号のところは何と読むのでしょうか。

・http//www.hironomiya.go.jp　くちなしいろのページにゆかな　吉川宏志

・スパンコール、さわると実は★だった廻って●にみえてたんだね　穂村　弘

（群馬県　K・T　75歳　男性）

これは読み方によっていろいろに読めますね。しかし察するところ、作者は作品を音読してほしいとは思っていないのではないかと察しられます。読者が黙読しようが、音読しようが、作者は読者に任せているのかも知れません。

一方、読者はこれをどのように読んでもかまわない。この歌に限りませんが、読み方は自由なのです。

本来、伝統的な短歌の世界では歌を声に出して読むのが普通のことでした。しかし、時代とともに文字に書いて表現することが多くなり、それが常識のようになって来ました。しかし近年、いままでの慣習にとらわれないで短歌を詠みたいという人たちが出て来ました。あなたが挙げて下さった歌は二首ともいわば実験的な作品です。作者自身、読者がどのように反応するか、期待して待っているのではないでしょうか。ですから、この二首に対して作者がどのように考えているか、私は知りません。それでよいのだと思うのです。

しかしこれまでの短歌の作り方で育ってきた方、これまでの短歌の方法に自信をもってお

れる方の中にはこういう二首に対しては受け入れられない、短歌として認めない、と言う方が非常に多いと思われます。私自身もこれらの歌を積極的に支持したり褒めたたえるほどの気持ちはありません。しかし考えのある作者が発表した作品です。単に音読できないとか、意図がわからないというだけの理由で退けることはできない、と私は考えます。

関連して考えたいことを幾つかあげておきます。

誰が決めたわけではありませんが、短歌は日本語で作られる詩です。ほかの言語（外国語）で作られる詩はたくさんあります。先ほどあなたが挙げられた歌はどちらも記号や符号が含まれています。コンピュータの記号は日本語かどうか。★や●は日本語とみなしてよいのか。もちろん日本語の短歌の一部として使われているのですから日本語と考えてよいとは思いますが、疑問は残ります。

このほか、『』や〈〉なども多く使われています。

江戸時代以前の日本文には句読点などの記号はありませんでした。が、明治になり学校教育が普及し、教科書が使われるようになって、句読点が一般化しました。短歌で句読点や記号が使われるようになったのはかなり遅いのですが、これは生活の必然として次第に普及してゆきました。

古い結社や指導者によって、作品のなかに句読点や記号を使うことが禁止されたという話も伝えられています。

自分の思いをどういう形で表わすか、それはあくまで自由です。なかにはこれまでの常識では括れないものもありましょう。それが生きて伝えられるか、時代の波間に沈んでしまうか、誰にも言えないことです。

memo　参考になったことをまとめましょう。

V 歌をまとめる

歌集を作りたい（1）

私は短歌を詠み始めて三十年、発表した歌は五百首くらいあります。近年、家族や友人から歌集を出したらどうかとすすめられています。私は短歌結社には入っておらず、ひとりでこつこつと詠み、新聞や雑誌に投稿するだけのことで、私の歌集など買ってくれる人がいるとは思えません。歌集を出すのは意味があるのでしょうか。

（福岡県　N・N　65歳 女性）

歌集を出すのは意味のあることです。もちろん人それぞれの考えがありますからすべてとは言えませんが、私が受けた相談の中からご参考になりそうな事例をお伝えします。

まず自分の歌を纏めて読み直すと、今まで感じなかった何かに気づくことがあります。道を歩いていて街頭のウィンドーに映る自分の姿を見てハッとする。そこで自分の姿や歩き方を顧みる、これに近いことが作歌の上にもあると、多くの人が伝えています。また、歌集を出すと自分の歌を新しい読者が読んでくれます。その人たちの感想の中には、あなたの予期しないものもあるはずです。それによってあなたの短歌に新しい展開があるかも知れません。

ここで改めて考えておきたいことを申し上げます。まずあなたはなぜ歌集を出すのか。あなたのお手紙にあった言葉ですが、「買ってくれる人がいる」かどうか、そこがまず問題です。率直に言って現在、個人の歌集は一般にはほとんど売れません。書店の店頭で売れるのは新聞や歌壇で話題になったものだけといってよいほどです。しかし多くの人が歌集を出すのは売るためではありません。そういう人がいるとしても少数です。そこをしっかり理解して頂きたい。売れる売れないは短歌という文芸の本質からは外れた、二の次、三の次のことです。

現在、毎月ほぼ数十冊の歌集が出版されています。一年間ではおおよそ五百点くらい。それらの歌集は出版社独自の企画でない限り、作者または作者と親しい人が製作のための経費を負担して発行される（自費出版）のが多数例です。しかしその後、それらの中から読者の好評を得たり、話題になったりして増刷される、ということは十分にあり得ます。このあたりは作者によって、また歌集によってさまざまに変化します。

しかしここで先ほどの問題に戻ります。考えて頂きたいのは、あなたは何のために歌集を出すのか、ということです。実はここが一番大切なことなのです。いくつか考えてみましょう。①自分の記録として出す。②自分の歌を顧みるため。③第三者の意見を聞いて参考にする。

④一般の人に買ってもらう。⑤広く世の人に知らせる。人によって意見はさまざまでしょうが、要するになぜ歌集を出すのか、それをご自分でしっかり心で確かめることです。

もっとも多いのが①と②で、自分の歌の充実のために、これまでの自分を顧みる、これは健全な姿です。①の中にはただ整理しておくだけ、という人もいます。経歴や年齢などを考え、自身の整理ということで本にする。それはそれで、穏当な考えです。

しかし②は自身の歌をよくしよう、高めて行こうという点が①と違います。創作に対して積極的で頼もしい姿です。③も②に通じるもので同じようなタイプです。他人の意見を聞き分けるのは決してたやすいことではありませんが、好ましい方向です。④⑤はよほどの条件がない限り望みは少ないと私は思います。よい条件があれば、の話です。これから先は実務のことになります。

まず歌の数、個人の歌集の場合、歌数はさまざまですが、一般には三百首から六百首くらいが多いようです。個人の歌集ですから数は自由ですが読者のことを思うと、私見では五百首あたりが妥当ではないかと思います。人によりますが、歌集を読むのは時間も体力もかなりの負担になります。お手元に五百首あるとのことですが、これをそっくりすべて収録するか、検討して少し数を減らすか、初心者の場合は印刷にかかる前に先生や先輩にお願いして歌を読んで貰い、何首かの歌をカットする、ということが多く行われています。自分で行う人もいます。歌集の質を高めるために、佳い慣例だと私は思っています。

歌集に限らず、一冊の本を作るにはかなり入り組んだこまかい作業をしなければなりません。すべて作者自身で処理するのは無理だと思います。しかし幸いに歌集の編集実務を手際よく効率的に処理してくれる専門編集者は何人もいます。

また歌集専門の出版社も本紙をはじめ幾つもあります。歌集のタイトル〈題名〉、歌の数、編集のおおよそ、発行部数などが決まればあとは専門の人々にあって作者の意向を伝えれば話はスムーズに進んでゆくはずです。どうか明るい未来に向かって佳い歌集が出来ますよう、期待しております。

歌集を作りたい（2）

第一歌集を出したいと考えています。ひと様の歌集を開くと、どれも何首かをまとめて小題をつけてあります。私は結社に属さず、新聞雑誌に投稿してきましたので、一首一首がばらばらです。どのように編んだらいいのでしょうか。（秋田県　K・S　78歳　女性）

歌集の作り方にルールやきまりはありません。ただ短歌の長い歴史の上で行われて来たことですから、慣例のようなものはないわけではありません。前号に記したことと重複することもありますが、お許しを。

歌集を刊行するには、やはり読者の存在を考えることが必要です。形にする以上は、作者のほかに、必ず読者がいるのですから慎重に考えたいところです。

まず題（タイトル）。これこそ人さまざま。過去の例は、例えば河野裕子『家』、来嶋靖生『月』など漢字一字のもの、斎藤茂吉『赤光』、佐藤佐太郎『帰潮』のような漢字二字、これは一時多く見られました。以後三字四字になると北原白秋『桐の花』、大野誠夫『薔薇祭』、吉井勇『酒ほがひ』など限りなく広がってゆきます。一方、近年では長いタイトルも多くなりました。東直子『春原さんのリコーダー』、永田紅『ぼんやりしているうちに』、そして栗木京子『中庭《パティオ》』のように外国語のルビをふったもの、江戸雪『Door』のように外国語そのものの題もあります。これは作者が決めることですからそれ以上は言えません。タイトルはもちろん批評の対象になりますから慎重に決めましょう。

次は歌の数。前号にも書きましたが普通は五百首前後が多いようです。もちろん、作者の都合で多くても少なくても自由です。きまりはありません。私の経験では評者が一気に読めるのはおおよそ四百首から五百首。人によりますが、何回にも分けて読むよりは一度に一冊通して読むほうが望ましいと思います。

次はお手紙にありました編集の問題。一首一首がおのおの独立していて纏めにくいというお話です。でもここはやはり作者自身で決めるよりないと思います。中間案として、詠まれた年次によって幾年かずつ纏めるのは如何でしょうか。

一般に多く行われているのは、①年代で整理する。これは作者自身の側面史ともなり、わかりやすい方法です。②テーマで分ける。例えば仕事の歌、家族の歌、旅の歌など内容で分類する。または季節によって分ける。いろいろ考えられます。①と②の組み合わせ、折衷案もあり得ます。先例を参考にして自分にあった方法を選んでください。

更に大事なことですが、序文や跋文の問題があります。多く行われているのは作者に縁の深い人、先生、または親しい先輩などに序文を書いて頂くことです。つまり世間にはまだ知られていない新人のために恩師が一言を添えて前途を飾る、いわば推薦状の役割です。これは明治以来長く行われて来ました。和歌革新のスターだった与謝野鉄幹の第一歌集『東西南北』には実に先輩友人九人の序文が収められています。これは先輩の言葉によって未知の著者への理解が得られ、ある意味で保証の役割を果たしてくれているのです。これは形を変えていまも踏襲されています。

現在、序文はおおよそ作者の恩師一人の例が多く、あとは別刷りの「栞」などに文章を収めることも多くなっています。巻末に「解説」と称して作者やその歌をよく理解している人が文章を記す例も多く見られます。多くは出版社からの要請ですが、作者自身の希望やアイデアもあるようです。従来の形式的、儀礼的な序文や跋文に比べるとこのほうが作品に即して実際的な感じがします。

なお序文や跋文、解説の類はどうしてもなくてはならぬものではありません。何もなし、自分の作品だけで世に問う、という潔い態度もあってよいと思います。

もうひとつ歌集の刊行に関連して忘れてはならないこと。それは発行部数です。何部作るか、それは出版社が勝手に決めることではなく、作者と合意の上で決めるのが原則です。歌集は商業の上に立っているものだけではありません。新聞雑誌で話題となったものでさえ、書店の店頭で売れるのはごく限られた数にとどまります。そこをしっかり認識して自分の必要な数を把握しておく必要があります。

最後に、もっとも大切なことながら、つい忘れ去られそうなことに触れておきます。それは

「短歌」は文芸である、ということです。そんなことは分かりきったことだ、と言われそうですが世の中の動きを見ていると、決してそうではない、と感じられることが次第に顕わになって来ているようです。あるテレビの番組では大学生たちが左右に分かれ、作品の優劣を競いあう。また俳句でも敵味方に分かれて勝敗を競う番組を見ました。お楽しみですからそれはそれで結構ですが、深くは知らない視聴者大衆が「これが短歌だ、俳句だ」などと思いこむとちょっと困る。誤解を招くのではないか、と私は案じます。文芸は単に優劣を競うものではない。人間の心の根源を問うものです。本来、文芸には勝負はないのが原則で、そこが尊いのです。誰の心も対等、そこを見失ってはならない。あらためて切に思うことです。

遺歌集を作りたい

父が亡くなって一年半になります。父は短歌が好きで、毎日のようにノートに歌を書いて、時々新聞や雑誌に投稿していました。亡くなった後、ノートを見ましたらざっと千五百首くらいあるのでびっくりしました。特定の先生には就いてなかったと思います。お友達はごく少数あったようですがよく存じません。家族としてはあれだけ熱心に続けていたのだから、何か形にしてやりたいと思っていたところ、ある人から歌集にすれば、と言われました。なるほど、それは父も喜ぶと思います。でも私にはその手立てが何もわかりません。どのように進めればよいのでしょうか。

（秋田県　K・M　57歳　女性）

亡くなった方が生前に詠まれた歌を、その死後にまとめて本にする、それを遺歌集と言います。昔からよく行われていることで、石川啄木の『悲しき玩具』も与謝野晶子の『白桜集』も遺歌集です。お手紙にありますように故人が熱心に詠んでおられた歌を一冊にまとめることは、遺族にとって亡き人を偲ぶよすがとなり、何よりの供養となりましょう。

遺歌集の作り方に決まりはありません。それぞれの方がそれぞれの思いで行えばよいことです。普通の歌集と同じように考えてよいのです。およその流れを記します。

① ノートの歌を書き抜いて原稿を作る。父上のノートのままでは本になりません。歌を原稿用紙に書くかパソコンに打ち込むか、第三者（出版社や印刷者）が読みやすいように書き並べる。手元に誰かの歌集があればそれを手本にして、掲載したい歌を書くのです。

② 選または編集。遺歌集だからといって歌の数をどうするという規定はありません。多く入れる人もあればできるだけ少なくするという人もいます。ただ読者のことを思うと、あまりに

も多くの歌を入れると本がかさばり、読者の負担も重くなりがちです。一般的には千五百首の歌を全部入れるのは無理と思いますので、信頼できる先生か友人に歌を選んでもらうことをお勧めします（五百首ぐらい？）。また読者が読みやすいように、理解しやすいように、分類したり見出しをつけたりするのが親切です。文字の大きさや歌の組み方なども考えましょう。

③　経験のない方が、慣れない仕事をするのは大変です。そこで②の編集を短歌専門の出版社や編集者に頼んでまとめてもらう、という方法があります。これは歌集を作る多くの方が利用しています。もちろんその場合は経費がかかりますが、実務的なことも教えてもらえます。

④　遺歌集としてたいせつなことは亡くなった人の面影が感じられるような本にすることです。世話になった先生や友人に故人の歌について書いてもらう（序文・解説）。写真を入れる人もいます。簡単な歌歴もあるほうがよい。これらは人さまざまです。

⑤　本が出来上がった後のことも考えておきましょう。いまの世の中、遺歌集が町の書店で売れる可能性は低く、多くは知り合いの方々に寄贈することになります。そういう寄贈先のリストをあらかじめ用意する必要があります。それによって印刷の部数も決まります。経費もからむことですから、早めにお考え下さい。

作品をまとめるには

今年九十歳になる母は短歌が好きで、家事の手が空いた時はいつも鉛筆と紙を取り出して自作の歌を書いています。新聞や短歌雑誌、テレビ、地域の新聞など、片端から投稿し、入ったの落ちたのなどと騒いでいます。ところで先日、母が突然、自分も高齢だから投稿先を一つか二つに絞りたい、そしてできれば自作の短歌を本にまとめたくなった、どうしたらよいか、というのです。娘の私は、母の歌は読みますが、本にするとまでは考えたこともありません。でも滅多に人頼みはしない母です。何とかしてやりたいと思うのですが、どうしたらよいのか、見当がつきません。ご指導ください。（山梨県　K・M　52歳　女性）

ご質問は二点あります。まず投稿先のこと。投稿先を絞るのは私も賛成です。いろいろなところに投稿するのは作者の楽しみかも知れませんが、相手を幾つも変えるのはよくないと思います。相手からは、自分を信じていないのかと疑われるおそれもあります。選者と投稿者は面識はなくても歌を通じての「友」です。その「友」との信頼関係は、言葉や字句がどうこう言うよりもっと大切なこと。歌は言葉で繋がるものではなく、その言葉の奥にある心と心とで繋がるものです。心あってこその歌。言葉は後からついてくるものなのです。母上の気持ちがどこを向いているか、それが第一です。

第二は本のまとめ方。これは前にこの欄でも記したことがあります。重複するかもしれません。まず①原稿をまとめる。母上の短歌を整理して原稿に仕立てる。具体的には一首一首の歌を正確に清書する。誤字はないか。仮名遣いの間違いはないか（簡単のようでこれが一番の手間仕事です）。

②次に、たくさんの歌をどのように並べるか。出来上がった本には必ず読者がいます。読者が気持ちよく読めるように文字の大きさや数、組み方などを考える。年代順に並べる人もいればその逆、新しい順に並べる人もいます。テーマ別に並べる例もあります。いろいろな先例を見比べながら、こまかく神経を使って考えてください。

高い経費をかけて作る歌集です。作者の思いが正しく伝わるように、また読者が気持ちよく読めるように慎重に考えてください。

それらのこと、つまり編集にはその道の達人と言われるような人が何人もいます。「編集者」と呼ばれる人たちですが、これもさまざまな傾向やタイプがあり、誰でもよいというわけにはゆきません。その選択がまず一仕事です。

③本つくりの技術的なことはいろいろとありますが、編集者など専門家に任せておけばまず大丈夫。作者が考えなくてはならないのはむしろ本が出来上がった後のことです。作者が決めなくてはならないことが数多くあります。

まず部数。本を作ったら多くの人が喜んで買ってくれると思っている人がいます。その自信は貴重ですが、世の中そう甘くはありません。よほどのことがない限り、現在、歌集の商品性はゼロに近い、ということを覚悟してください。それは作品の良し悪しとは無関係です。これは冗談ですが、むしろ俗世間で売れない歌集こそ優れた歌集なのだ、などと開き直るくらいの気構えがほしいところです。

歌の整理のしかた（1）

短歌を作りはじめて三年が過ぎ、八百首くらいになりました。同人誌や新聞に発表した歌にはその雑誌名や年月日、番号を記しています。毎回、どのように訂正したかも記録しています。この度合同歌集を出すことになり自作を選別するのがたいへんでした。自作の歌をわかりやすく、美しく選びやすくするにはどのように整理すればよいのでしょうか。

（神奈川県　N・O　68歳　女性）

自作の整理はそれぞれ作者が自分のよいと思う方法でやっていることで、特別のきまりや約束はありません。しかし中には先生や先輩、歌の仲間から教えられてやっている人もいれば、疑問はあっても言われた通りにやっている人も多いと思われます。お手紙にあるあなたの整理の仕方は実にしっかりした方法で結構だと思いますが、そこまでしなくても、と思われるものも幾つかあります。

私が必要と思うことを上げてみます。

① 目的をしっかり心に決める（何のために資料を整えるか、それによって方法が変わってきます。歌集を作るため、自分自身の記録のため、父母や子、孫など家族に伝えるため、などさまざまです。ここでは一般的なことを中心に記すことにします）。

② 作品に番号をつける（普通は制作の年月日順につけて行く。自分の整理のため。発表しなくても自分の控えとして保存しておきたい。これは最低、必要なことです）。

③ 発表誌、新聞（歌集を編集する時は絶対に必要。作品の掲載された雑誌や新聞の発行年月

日、号数なども)。

③まではかならず書き記しておきたい。④以下は参考までに。

④ 詠んだ場所や関連することを歌とともに控えておく(詠んだ歌で自宅以外のものがあれば、記しておく。どの歌にも必要とは言えないが後で役に立つことが多い)。

⑤ 五十音順の一覧表を作っておく(必ず役立つとまでは言えないが、自作の検索に役立つ)。

お手紙にありましたことのうち、要点を拾うと右のようになります。

推敲の経過、過程などは作者のあなた自身には必要でも、何が何でも残しておかなくては、というほどではない、と思います。必要なのは最終結果であって、プロセスはカットして構いません。どこか雑誌などに投稿した歌は掲載された歌だけを保存し、没になった歌は潔く廃棄するのが良いと思います。できるだけ簡潔に、自分以外の人が見てもわかるようにしておくことが肝要です。

作品上達のカギは、不要な自作を切り捨てる勇気だ、と、これは多くの有力歌人が言っていることです。私も同感です。「折角苦労して詠んだ歌だから捨てられない」などと、情に負けてはいけません。自作に対する冷静な批評眼、それがあなたの作品を深め、飛躍させるカギなのです。作品に対する愛情は誰もが抱く感情ですが、それがどんなに苦労して生まれた歌であっても、認められなければそれまで。その苦心作をあえて勇気を振るって捨てる。その潔さこそあなたの歌を伸ばすカギになります（もちろん例外はあります）。

なお、右に記したことは「絶対」ではありません。作品同様、人によって、歌によって、仕事はさまざまです。例えばお手紙にもありましたが、歌集（合同歌集）を作る、というようなはっきりした目的があれば、それにふさわしい方法があります。要するに作者自身はもとより、作者以外の人にとってもわかりやすい、ということが肝心です。

歌の整理のしかた（2）

結社雑誌に発表してきた歌が大分たまりました。先日数えて見たら五百首ほどになっていました。われながらここまでよく詠んできたものだと思います。そこで勧めてくれる友人もいますので、ここで歌集を作ったらどうか、と思うに至りました。しかしわざわざ出版社に頼んで出すほどの作でもありません。結社雑誌に載った歌をコピーして綴じるのでは如何でしょうか。

（埼玉県　Y・Y　68歳　男性）

このご質問にはびっくりしました。たしかに歌集は作者のものです。どんな形に纏めようと作者の勝手です。しかし、ここでちょっとお考えください。お手紙にはどこか結社に入っておられるとありましたが、そこが大切なのです。あなたの歌はあなたのものに違いない。しかしお作の周囲には何人かの読者がおられるのです。あなたの歌はあなたの歌であると同時に何人もの読者に見守られている存在でもあります。ですからお手紙のように雑誌のコピーで済ませようという考えには私は反対です。できないことはありませんが、もう少し手をかけて頂きたい。五百首の歌をお詠みになるまでには年数はもちろん、相応のご苦労があったことでしょう。それを思うと、この五百首はあなたの分身のようなものだと私は思うのです。私はあなたの分身とも言える歌を粗末に扱いたくないのです。

人によっていくらか考えは違うとは思いますが、次のようなことは、よく言われることです。「自分の詠んだ歌は我が子のようなものだ」と。これは歌を詠む多くの人に共通する意見です。短歌に限ってのことではなく、画家が自分の絵について、カメラマンが自分の写真について、作家が自作の小説について、同じ様な感じをもつことは多く語られています。となりますと、その「我が子」が例えば小学校に入学する時は、人前に出て恥ずかしくないような装いをさせてやりたい、と思うのが親の情です。贅沢でなくてもよい。友人や周囲の人が親しく接してくれるような装いです。

歌集についても同じように考えたい。豪華本でなくてもよい。でも当節、多くの人がこころみているような姿で世に送る、それがよいのではないか、と私は考えます。

しかし第二に重要なことがあります。経費のことです。お手紙にありましたように、作者がひとりで雑誌のコピーを作る、これならば紙代とコピー代のほかに目立った経費はかかりません。確かに作者一人の満足のためならそれでよいかも知れません。がコピーで作った歌集はあなた自身の喜びにはなりますがそれ以上には広がりません。最初に記しましたようにあなたの周囲には結社のお仲間や友人がおられます。そういう方をはじめ、できるだけ多くの人に読んでもらう。そのためには読んで下さる人が気持ちよく読めるようにしたいものです。といってやたらにお金をかける必要はありません。家を建てるのと同じです。これについては歌集をつくることの専門家が何人もいます。三十万円でできる歌集もあれば三百万円かけて作った人もいます。一生の思い出として豪華な歌集をつくる人もいれば、ささやかな自分の好みで美しい玉手箱のような本を作った人もいます。そこは是非ゆっくりとお考えなさいますようお勧めいたします。

最後に内容について申し上げます。あなたはどのように歌集の組み立てをお考えですか。詠んだ順番にならべてゆく。それはそれで結構です。多くの人が行っていることです。制作順に並べることの長所は、読み直すと自分自身の歌の成長過程がわかります。多くの作者は自分の歌を顧みて今後の作歌の参考にする。このタイプは非常に多い。しかし作者以外の人がすべて同じ感想を持つとは限りません。他人の作品を理解するのは普通は困難なことです。

そこで読者のことを考えて歌の並べ方、配列に多くの人は悩みます。例えば内容によって見出しをつける。「就職」とか「看病」とか「旅」などです。この形も現在多く使われています。そこから先は人さまざま。この「編集」が誰しも苦労するところ、もちろんこういう仕事に熟達した専門家は何人もいます。

今回はここまで。歌集は手書きやコピーでなく、しっかりした造本が望ましいこと。経費のこと、編集のこと、三点についてお話しました。

あとがき

読者からの相談に何とか答えようということで始まった「作歌相談室」が一冊になり、さらに続編が出来るということで、驚いています。顧みると歌を詠み始めて七十年に近い私でさえ、作歌の迷いや悩みは絶えることはありません。ここに記したことはほとんど私自身の抱えている問題と言ってよいことです。

本書は平成二十四年四月号から令和三年一月号まで「現代短歌新聞」に連載されてきたものです。一、二割愛したり、加筆したものもありますが、大半は新聞発表当時の姿のままです。いくらか加筆したものは大きく言って二つの傾向があります。一つは前書に記したことを補い深めたもの、他は新しく必要だとして加えたものです。しかし前書を見なくてもわかるようには配慮したつもりです。もう一つ、最近はテレビなどでもしばしば短歌が話題になりますので、実際の作歌をはじめる前に考えたり悩んだりすることにも幾つか触れました。

どうかのびのびと、佳い歌を詠まれますよう心から祈っております。

最後になりましたが、新聞連載中からご心労をかけた真野少様はじめスタッフの皆様にお礼を申し上げます。

二〇二一年春　　来嶋靖生

来嶋靖生（きじまやすお）
昭和６年（1931）大連市に生まれる。
昭和26年早大短歌会・槻の木会に入り、都筑省吾に師事。
平成26年まで「槻の木」代表。
歌集『月』『笛』『雷』『掌』『硯』など13冊。
歌書『柳田国男の短歌』『窪田空穂以後』『大正歌壇史私稿』
『中高年の短歌教室』など多数。
昭和60年日本歌人クラブ賞、平成８年短歌研究賞。
平成21年日本歌人クラブ評論賞。
平成27年『硯』で詩歌文学館賞を受賞。
現代歌人協会監事。窪田空穂記念館運営委員。

現代短歌社新書
続 作歌相談室
二〇二一年八月二十四日　初版
著　者　来嶋靖生
定　価　一九八〇円（税込）
発行人　真野　少
発　行　現代短歌社
〒六〇四－八二一二
京都市中京区六角町三五七－四
電話　〇七五－二五六－八八七二
装　丁　かじたにデザイン
印　刷　創栄図書印刷
ISBN978-4-86534-363-2 C0292 ¥1800E